クトゥルー　異世界へ！

青心社

深川怪異譚　真相おいてけ掘　松本 英太郎　3
クニガティン・ザウムの娘　御宗《みむね》 銀砂《しらいさ》　47
羊歯田音春《しだだねばる》の犬と、その愛　南風《みなみかぜ》 麗魔《れま》　89
ウルタールのアルハザード　新熊 昇　141
暗緑色なる夢の淀み　天満橋 理花　189
調査隊　浅尾 典彦　247

カバーイラスト：鷹木骰子《たかきさいこ》

深川怪異譚　真相おいてけ堀

松本　英太郎

一

「すっかり遅くなっちまったねぇ」

提灯《ちょうちん》を持って先を歩く手代《てだい》の信助《しんすけ》にそう話しかけてから、お紺《こん》は大きくため息をついた。

暮れ六つをとうに過ぎて、もう五つ（午後八時）近くになっているだろう。

お紺は江戸両国橋近くに店を構える呉服商、大野屋《おおのや》久兵衛《きゅうべえ》の妻である。日本橋の両替商、三河屋の美人末娘と評判だったのも昔の話、久兵衛に嫁いで六年たった今は才覚あるおかみとして同業者からも一目置かれるようになっていた。

今日の夕刻、本所にある津軽越中守《つがるえっちゅうのかみ》の江戸屋敷に呼び出され、奥方の歌舞伎観劇の段取りの相談を受けていた。芝居見物が大好きな奥方は、観劇のたびに着物を新調するので、大野屋にとっては大得意だ。ただ、大名の奥方の観劇はお忍びで行うため、お紺のような町方の人間が段取りに加わらないとすぐに噂が立ってしまう。贔屓《ひいき》の役者の噂から今年はやりの新しい着物の柄《がら》に至るまで、話題は転々としてつきることは無かったが、お紺は「お店《たな》のため」と辛抱しつつ愛想よく付き合い、暗くなってからやっと解放されたばかりだった。

供に着いてきた信助は、その間、屋敷の下働きの娘達と茶菓をつまみながらおしゃべりをしていたのだろう、お紺と違って顔に一切疲労の色は無かった。

月の出ていない夜の江戸の街は本当に暗い。提灯の心細げに揺れる灯りに照らされて、周りの家々の輪郭や白い土塀がぼんやりと浮かび上がる中を二人して進んでゆく。この辺りは大小の堀が縦横に走っているので、時おり道の片側が奈落《ならく》のように漆黒になる。気をつけないと落ちてしまうので、足の運びも慎重になる。周りの家並みと前方に見える辻灯籠《つじどうろう》の灯りで天神橋近くに来たとわかり、あと一息と自分を励ましたその時、お紺は異様な響きを持つ声を聞いた。

「……てけ」

はっとして足下にやっていた目を上げると、信助も彼女を振り向いたところだった。

「おかみさん、今のは」

「……てけ」

再び声がした。お紺が怖くなるので考えまいと思って押さえ込んでいたことばが頭に浮かぶ。だが、信助がそれを口にした。

「このあたり、『おいてけ堀』があるという噂が……」

「ちょっと、やめとくれよ。怖くなるじゃないか。空耳だよ。でも、急いでお店《たな》に帰ろう」

そう気丈に言ってみたものの、声が震えている。

おいてけ堀は、釣り人が帰ろうとすると堀の水中から「おいてけ」と呼ぶ声がし、それに従わないで逃げ帰ると釣った魚がきれいさっぱり消えていた、という怪談だ。

「そうでございますね。第一私たちは釣りをしたわけじゃなし、おいてゆく魚もございませんから。ささ、急ぎましょう」

自分に言い聞かせるように言って、信助は再び先導をはじめた。恐怖に高鳴る自分の胸の鼓動が、二人の足音と同じぐらいに聞こえている。

だが、少し歩くうちに気づいた。自分の足音しか聞こえなくなっていることに。立ち止まって恐る恐る振り返る。

そこにお紺の姿はなかった。

二

おいてけ堀で呉服屋のおかみが消えた。拐《かどわ》かしか、はたまた神隠しか。

一夜明けた宝暦十年九月八日の江戸の町はその話で持ちきりとなった。店に逃げ帰った手代の話から、すぐに大野屋の使用人総出で手に手に提灯《ちょうちん》を持って夜の本所深川《ほんじょふかがわ》近辺を探し回ったが見つからない。津軽藩の方では事の起こりが奥方の遊興に関わるので知らぬ顔を決め込んだ。大野屋久兵衛も得意先に恥をかかせるわけには行かないのでそれでよしとした。店の者で朝まで捜索を続ける一方、番所にも届け出た。通常は行方知らずになっても一両日は待ってみることが多いが、おかみが両替商三河屋の娘でもあること、更に津軽藩から内々の働きかけがあったため、奉行所としては早々に人を動かすことになった。

月番の北町奉行の面子のために早期に解決する必要に迫られたわけで、信頼の置ける人選をしなければならない。結果、事件を調べることになったのは北町の同心、田村竜之進《たむらりゅうのしん》。年は二十歳を三つ過ぎたばかりだが小野派一刀流の使い手で、徒党を組んだ浪人崩れの押し込み強盗相手に獅子奮迅《ししふんじん》の活躍をし、全員召し捕ったこともある。実は次期老中と噂される、幕府御用人の田沼意次《たぬまおきつぐ》の甥にあたる。しかし、本人は叔父の七光りと噂されるのを嫌い、実直に務めを果たし、実力を認められて上役や同僚の評価も高い。解決した事件は瓦版《かわらばん》で伝わり、深川から両国にかけての町人衆からは良い評判を得ていた。加えて目鼻立ちのはっきりした顔が、成田屋の五代目團十郎《だんじゅうろう》に似ているとかで、町娘から恋文を貰うことも珍しくないのだが、竜之進本人は奥手なのか、それを迷惑がっているという。

下命《かめい》を受けてすぐに竜之進は手下の岡っ引き、相生町《あいおいちょう》の六造《ろくぞう》と、その下っ引きの千次《せんじ》を町中の聞き込みにあたらせた。自身も久兵衛を初め大野屋の関係者に話を聞いたりして捜査を進めたが、いっこうにお紺の消息は知れないままだった。

三

「そりゃ竜さん、拐《かどわ》かしじゃねぇよ」

盃を口に運びながら、膳を挟んで向かい合って座る細面の男が言った。月代《さかやき》を剃らずに髷《まげ》を結っているので、あたかも養生所《ようじようしよ》の医者のように見えるが、藍縦縞《あいたてじま》の長羽織《ながはおり》を肩に引っかけているのは粋《いき》な風情だ。

空《から》になった盃にはすかさず脇から酒が注がれる。流れるような所作で酌《しやく》をしたのは流行の歌麿の浮世絵から抜け出てきたような美女である。鼠色の小紋《こもん》の襟を大きく抜いて、顔はつぶらな瞳にふっくらとした頬。厚めの唇からは妖艶さが漂う。その女が竜之進の前に置かれた膳から盃を取り上げ、彼に向かって差し出しながら言う。

「長い話をして口が渇いただろう、旦那も一杯どうだい？」

「梅吉姐《うめきちねえ》さん、俺はまだおつとめ中だ。遠慮するよ」

そう言いつつ、来たときに出された白湯の入った湯呑みに竜之進が手を伸ばす。

「つれないねぇ。まぁそれでこそ、『北町にその人ありと言われた竜之進』様なんだろうね。うちの自堕落な先生とは大違いだ」

「ひでぇ言いようだな。あくせくしてると何も面白いことが思いつかねえのさ。物語にしても蘭学にしてもな」

ここは回向院《えこういん》近くにある、辰巳《たつみ》芸者の梅吉の住まい。畳敷きの二間と板の間、広い土間がある贅沢な家で、芸者としての売れっ子ぶりがうかがえる。「先生」と呼ばれたのは長崎遊学から江戸に戻ってまだ二年あまりしか経たない平賀源内《ひらがげんない》である。梅吉と馴染みになってからは自宅のある湯島にほとんど帰らず居着いている。

以前、ある茶屋の亭主が毒殺された事件を竜之進が調べている折、本草学（薬の知識）で協力してくれたのが源内だった。それ以来、友人として付き合いがある。世間では奇人との評判だが、人と違った見方ができる才があるので、竜之進はこれまでも何度か知恵を借りていた。

今日も、お紺が失踪してから数日過ぎたのに事態は進展しないので、藁《わら》にもすがる気持ちで訪問し、あらましを説明したところである。

「じゃあ、何だい？」

「神隠しさね」と言って源内は再び盃を乾した。酒の旨さに幸せそうな表情を一瞬浮かべ、次いで膳に乗った梅吉手造りの味噌漬け豆腐に箸を伸ばす。

「これは蘭学の先生とは思えねえ。理詰めが蘭学の十八番《おはこ》だろう？」

「拐かしなら身代金を言ってきてもいい頃だがそれもない。殺されたにしては死体も出ない。誤って堀に落ちて死んだのならどこかに浮かぶだろう。夫婦仲も良く、店の切り盛りに精を出していたというから駆け落ちで出奔《しゅっぽん》したという線も無い。こういうふうに、ありそうなことを虱《しらみ》潰《つぶ》しにしていって、それでも残った答えがどれほど変なものだったとしても、それが理屈でたどり着く真実なのさ」

「けれど先生、お紺が消えたのは『おいてけ堀』と評判のたった錦糸堀《きんしぼり》からはかなり離れた場所なんだ」

「噂のおいてけ堀のことじゃねぇよ。竜さん、さっきのお前さんの話じゃ捜しに行った店の連中が、提灯で辺りを照らしたところ本当にお紺の足跡も途中で消えてたって言ったろ」

「拐かした奴がそこから担《かつ》いだんじゃねえのか」

「旦那、担いだ奴にも足はあるはずでござんすよ」と梅吉が言う。

「あ！」

「わかったかい。西洋の石畳の街ならいざ知らず、天狗みたいに羽でも付いてなけりゃ、足跡を残さずに歩くなんてこのお江戸じゃ無理なのさ。だから……」

そこまで源内が言ったとき、戸口から声がした。

「失礼いたしやす。こちらに田村の旦那はおいでですかい？」

上半分が格子になっている板戸が開いた。鼠色の半纏《はんてん》を藍の小袖に羽織った男が顔をのぞかせた。四十過ぎの角張った顔は日に焼けて煮しめた芋のような肌の色。相生町の六造だった。

「おう、いるぜ。六造、どうしたい？」

竜之進は六造を招き入れて上がりかまちに腰を降ろさせ、話を聞いた。六造はこれまでいろいろな事件を手伝ってもらったいきさつがあるので、源内や梅吉を信用できる協力者と見知っている。彼は手に入れた情報をみんなに話した。

それは、今日までまったく手がかりが無い中で、昨夜下っ引きの千次がようやく聞きつけてきた夜鷹《よたか》（夜の街かどで客を引く売春婦）たちの話だった。

「七のつく日に深川天神橋近くで客を引くと、神隠しにあう」

そんな噂が夜鷹たちの間でまことしやかに流れているという。

「夜鷹たちがいないので、代わりに呉服屋のおかみが神隠しになったっていうんでさぁ」

獅子鼻をヒクヒクと動かしながら締めくくりに六造が言った。

「……なるほど」と竜之進はつぶやいた。

「竜さん、こいつは事件の新しい顔が見えてきたようだな」と源内が続ける。

「ああ、これまでも夜鷹たちが拐かされ、いや先生のいう通りなら神隠しだが、とにかく以前から女たちが消えていたってことだ。春を売ってその日暮らしを続けている女達だから、行方知れずになっても騒ぎにならなかったにちげえねぇ」

「旦那、今日はもう九月の十四日だよ。次の七がつく日まであと三日」

竜之進の湯呑みに白湯を継ぎ足しながら梅吉が指摘する。

「噂どおりならもう日がねえな」と源内。

「そんじゃあ、あっしは千次ともう少し夜鷹たちに話を聞いてまいりやす。今まで何人が神隠しにあったのか、今晩商売に立っている女たちに聞いて調べやしょう」と六造が立ち上がった。

「待ちな。俺も聞き込みにはいるぜ」と言って湯呑みを乾すと竜之進も刀を手に腰を上げた。

「先生、明日の朝にまた来らぁ。姐さん、ありがとよ」と出てゆく背中に、梅吉が声をかける。

「旦那、夜鷹の中にも綺麗な娘が混じってる時もあるから、鼻の下を伸ばすんじゃないよ」

梅吉の軽口にも馴れた竜之進は、大きく肩をすくめて見せただけで出て行った。

その様子を目を細めて眺めたのち、源内は豆腐の残りを箸でつつきながら、

「定期的な神隠し……神は気まぐれというがはてさて」と一人呟《つぶや》くのだった。

四

昼間から曇っていたので、月が昇る頃合いになっても光は雲に遮られ、辺りは人の表情がわからないほどに暗い。提灯の火を消しているから、目に入る灯りは遠くの辻灯籠だけだ。

堀端《ほりばた》の柳の根元にしゃがみ、身を潜ませた竜之進の姿は、提灯をかざして近づくまで誰も気づかないだろう。拐かしの下手人を張り込むには都合が良いと言えた。

結局、ここ三月《みつき》あまりで姿を消した夜鷹は五人。もっといるのかも知れないが、夜鷹同士が寄り合いのような横のつながりを持っているわけも無く、正確なところはわからない。竜之進たち三人が聞き集めたのを足してその数になったというだけだ。

十五日に再度梅吉の家に立ち寄った竜之進は、源内と相談し、十七日の夜、お紺が姿を消したのと同じ時刻に現場に張り込むと決めた。梅吉が囮《おとり》になってもいいと申し出てくれた。

「梅吉ならそんじょそこらの同心よりも腕が立つぜ」

源内までそう口を添える。この二人は普段から怪談や奇談には目がない物好き同士なので、今回の事件もその延長で面白がっているのではないかと竜之進もあきれた。しかし今回は遊び半分で関わってはいけないという勘が働いたので、万一のことがあってはと竜之進は固辞した。

その結果が今の一人きりの張り込みである。

岡っ引きの六造も一緒に張り込むと言ったが、いくら暗いとはいえ隠れ場所の少ない往来《おうらい》である。犯人に気づかれては元も子もないと、天神橋あたりで待つように言い含めてあった。

暮れ六つから既に一刻は過ぎたが、その間通りかかったのは、両国の方から戻ってきた籠《かご》が一つ。近辺の武家屋敷の者が乗っていたのだろう。四半刻も経たないうちに戻り籠となって、眼前を通って市中へ向かっていくのを彼は柳の影から見送った。

さらに半刻が過ぎても誰も通りがからない。

――夜鷹達が客引きに立たなくなってかなり経つから、下手人も前回のお紺で打ち止めにしたのかも知れねぇな。

そう考えた途端、あたりの空気が動いたのがわかった。九月にしては暖かい風が正面から竜之進の顔に吹き付ける。と、彼の耳に声が聞こえた。

「……てけ……り。……てけ……りり」

――お紺達が聞いたというおいてけ堀の声か？

だが、目をこらしてもあたりに声の主の姿はない。竜之進は得体の知れない悪寒をおぼえた。

突然、彼の身体は湿った太い縄のようなものに絡め取られた。

「ぐっ」

苦鳴が漏れたのは、縄に締め上げられ、そのまま宙に持ち上げられたからだ。肩口から鳩尾《みぞおち》のあたりまでを腕とともに縛られて地面から六尺ほどの高さに浮いている。しかも、縄で吊るされているというよりは、子どもが人形を手に持って振り回すように右左に大きく揺れている。

その時、空を覆っていた雲に切れ間ができてあたりが月光で少し明るくなった。

竜之進は呼吸をするのを忘れた。

これまで縄と思っていたものは、蛸《たこ》か烏賊《いか》の足をばかげた大きさにしたような触手だった。それが正面の空間にぽっかり現れた真っ黒な「穴」から伸びて来ている。

「六造！　千次！」

耳を澄ましていれば天神橋まで聞こえると思い、大声で叫ぶ。それは助けを呼ぶというより、この様子を目撃させて人の仕業じゃないとわからせねばならないと思っての叫びだった。

もがいてももがいても身動きできないまま、彼の身体は「穴」に向かって引き寄せられ、ついに「穴」の中へと引きずり込まれた。

数瞬、暗闇の中で宙に浮いている感覚が続いたが、不意に地面に足がついた。締めつける力が僅かに緩む。その瞬間、肘から先で脇差《わきざし》を抜き、自分を捕らえている触手を断ち切った。

体に残った触手を振りほどく動きの流れのまま、地に転がって距離を取るとあたりは満月の夜程度には明るくなっていた。「穴」を通り抜けたらしい。

竜之進は脇差を左手に持ちかえて刀を抜き、二刀流の構えで相手と対峙した。

「なんでぇこいつは」と驚愕の声をあげる。目の前で家ほどの大きさの、いびつなタケノコのような形をした化け物が、ヌメヌメとした触手を蠢《うごめ》かしていたからである。どこが口なのかわからないが「けりりけりり」と悲鳴のように繰り返している。触手を斬られたせいだろう。

化け物は青緑色をしており、半透明の体内には大小の泡や得体の知れない器官が漂っている。体の表面には鶏卵ほどの大きさの目玉がいくつも浮かび、同時にあらゆる方向を睨《にら》みつけていた。その目の周辺から、人間の太腿ほどの太さの触手が伸びている。竜之進がこれまで見たどの悪夢に出てきた怪物よりも悍《おぞ》ましい姿だった。

彼に切り払われた触手は地面に落ちてのたうち回っていたが、やがて塩をかけられたナメクジのようにドロドロ溶けて縮んでゆく。その一方で先を失った触手はすぐさま再生し、その先端が竜之進に向けて大きくうねった。前方から襲いかかる数本を刀の一閃で切り落とす。

「てけーっ、りっりっ」

一段と大きく怪物は声をあげる。人を切った時のような血の迸《ほとばし》りはなく、触手の断面は緑がかった粘液がしみ出てくる。それが沸騰するように泡立ち、新たな触手の形を作り始める。

両手の刀を四方八方にふるい、数度触手の攻撃を断ち切ったところで竜之進は右足首に巻きつくのを許してしまった。そのまま恐るべき力で横に振り飛ばされ、建物の壁に激突した。頭を打って一瞬気が遠くなるが、続けざまに振り回そうとしてぐいと引かれた足の痛みで失神を免れた。刀を薙《な》いで右足にまとわりつく触手を断つ。彼は刀を杖に立ち上がり、踵《きびす》を返して逃げ出した。

三方を建物で囲まれた場所だったので、唯一空いている方向へ走る。刀を持ったままでは速さが出ないので駆けながらそれぞれの鞘に納めた。道幅は二間《けん》（約四メートル）あまり、左右に建物が並んでいるが屋根のない箱のような作りで、江戸の火《ひ》の見櫓《みやぐら》よりも高い。だが、それを立ち止まって観察している暇など竜之進にはなかった。「てけ……り」という化け物の声がいっこうに遠ざからず、竜之進と同じくらい走るのが速いことを示していたからである。

四町（約四百メートル）ほどを全力疾走した結果、大きな通りに出る。八間はあろうかと思われる街路だ。祭りのように色とりどりの灯りがともる下には大勢の人通りもある。竜之進は自分が長崎の出島に来てしまったのではないかと突飛な考えを浮かべた。なぜなら、行き交う人々の着物が、以前、源内に見せてもらった長崎土産の「出島蘭館絵巻」という本に描かれた阿蘭陀《オランダ》人のものとそっくりだったからだ。しかし、髪や肌の色は日本人のそれだった。

「お江戸じゃねぇよな……」

思わず立ち止まってそう呟いた時、周囲の通行人から悲鳴があがった。

「しょごす様だ！」

「逃げろ！」

――しまった、追いつかれたか！

振り返ると化け物が彼を追って通りに出てきたところだった。

身体中の触手を鞭《むち》のように振り回してこちらへ向かって来る。怒りのあまり、捕まえようという気は失せたらしい。憎悪の念がありありと伝わってきた。

不運にも進行方向にいて逃げ遅れた人々が、唸りをあげて叩きつけられる触手で身体を抉《えぐ》られてバタバタと倒れた。生死にかまわずその上に巨大なブヨブヨした塊がのしかかると、半透明の胴体の中に取り込まれた。人間の身体が、着ているものもろとも中でちぎれてバラバラにされてゆく過程が外から見えた。あまりの悍《おぞ》ましさに竜之進は顔を背けた。

人間を体内で消化している間は進む速度が落ちるようだ。化け物を中心にして人々が逃げ惑う。竜之進は人の流れに乗ってさらに化け物から離れ、建物と建物の間の路地に身を滑り込ませた。恐慌を起こした人々の悲鳴が通りから聞こえるのを背に、曲がりくねった路地を進み始める。通りの喧騒が小さくなったので安心した瞬間、あの声が聞こえた。

「てけ……りり」

後ろを見ると建物の窓から漏れる光に浮かび上がる化け物の姿があった。

――こんな六尺もない路地に入って来れるのか！

いくつもある目のどれかで竜之進が路地に入るのを見ていたのだろう。クラゲのような柔らかさを生かして体をねじ込んできたらしい。竜之進は再び走り出した。流石に建物の間を全力疾走はできない。それは相手も同様らしく、異様な声が少しずつ遠ざかる。

やがて角を曲がった先に別の大通りが見えたのでそちらへ急ぐ。不意に前方横の建物の戸が開いて人が出てきた。竜之進はたたらを踏んで止まろうしたがぶつかってしまった。相手は尻もちをついて竜之進を見上げる。竜之進よりは十は年上か。さっき見た通行人の男たちと同様、髷を結っていない。その痛みにしかめた顔が竜之進の風体《ふうてい》を見て驚きの表情に変わる。

「なんだお前、コスプレか？」

「すまん。化け物に追われている。あんたもここにいると危ねぇ」

「化け物」と耳にして男は合点がいった顔つきになった。立ち上がって自分が出てきた入り口へ顎をしゃくった。

「入りな。かくまってやる」

竜之進に否《いや》も応もない。身を隠して化け物がやり過ごせれば万々歳だ。

「かたじけない」といって示された戸口をくぐる。男は続いて入ると戸を閉めた。

五

中は蝋燭《ろうそく》より明るい光が満ちていた。竜之進は厨房《ちゅうぼう》のような場所に立っており、天板のついた長い木製の仕切りの向こうには、出島についての本の絵にあったような背の高い卓と椅子が何組か置かれている。そこには十人近い男女が思い思いの姿勢で席についていた。それぞれの前にはギヤマン《ガラス》で作られたきらきらした湯呑みや料理の乗った皿が置かれていた。

――居酒屋のような店か。

竜之進は室内に漂う雰囲気に、両国橋近くの彼の行きつけの居酒屋と近いものを感じ取った。

店内の客たちは竜之進の風体を目にして一瞬驚いたような顔をしたが、引入れてくれた男が「大丈夫、この人は異人だ」と言うと納得したように頷いてそれ以後は興味を示さなかった。

「りり……てけり……」という声が背にした戸口の方から聞こえてきた。竜之進は息を呑み、そのまま呼吸を止めて耳をすました。男も扉に眼をやって黙っている。

「……け……り……てけ……」

声は小さくなって聞こえなくなった。通り過ぎたようだ。二人は同時に溜め息を吐いた。

「健ちゃん、その人、奥に入ってもらったら？」

厨房の奥にいてこちらをうかがっていた若い女が言った。肩までの黒髪が小顔を囲んでいる。猫のような形のはっきりした眼をしていた。

「ああ、そうだな。おい、こっちへ来な」と促されるのに続く。

案内されて入った小部屋は畳が敷かれていた。広さは四畳半。だが色々なものが雑然と置かれていて、畳の半分ほどは覆われている。

「空いているところに適当に座ってくれ」

健ちゃんと呼ばれた男はそう言いながら自分もさっさと腰を下ろした。それと向かい合うように竜之進は正座し、頭を下げた。

「拙者《せっしゃ》は、北町の定廻《じょうまわ》り同心、田村竜之進と申す。おかげで助かった。礼を言う」

相手は江戸で言えば町人に当たるのだろうが、竜之進はそのあたりを気にしない人柄なので素直に感謝を示した。

「困った時はお互い様さ。おれは富士田健吾《ふじたけんご》。この店のオーナー……店主だ。……あんた江戸時代から来たんじゃないのか？」

「江戸」という言葉を聞いて竜之進は俄然《がぜん》膝を乗り出した。

「何、ここは江戸か、江戸なのか？　長崎の出島じゃねぇんだな？」と顔をくっつきそうに近づけて詰め寄る。言葉もくだけたものになっているその剣幕にたじろぎながら、健吾は答えた。

「あ、ああ。ここは……江戸の両国だ」

「両国？　俺が知ってる両国とは別もんに見えたが」

「あんたは今——といっても俺達の今なんだが、今から四百年ほど昔からやって来たらしい」

——四百年！

竜之進はあまりのことに言葉が出なかった。

「驚くのも無理はない。ただ、あんたもさっきの化け物やこの街の様子を見ただろう？　あんたのいた江戸からずっと先の時代に来てしまったんだよ」

彼が驚愕するのを予測していたのか、竜之進が固まっているのにかまわず健吾は話を続けた。

健吾は竜之進にとっての「公方様《くぼう》（徳川将軍）」は誰かと尋ね、十代家治《いえはる》公と聞いたのを踏まえてそれ以後、今に至るまでの歴史について話をした。


十五代将軍慶喜《よしのぶ》公の時代まで徳川幕府による天下泰平は続いたが、その終盤に日本は西洋列強国の圧力に屈する形で世界に国を開いた。幕府は英米の支援を受けて近代化の道を進んだ。大国の清、ロシアとの戦争にも勝利し、東洋の軍事強国の地位を得た。しかし増長した幕府は史上初の世界大戦に参戦。次いでかつての盟友英米に宣戦布告し、当初の善戦も束の間、米国の新型爆弾の洗礼を受けて敗戦国となった。英米連合国による占領下、戦争責任を問われた徳川家は廃絶、将軍職は廃止。最後まで戦争反対の立場をとっていた紀州徳川家の分家である松平家が幕府総帥《そうすい》という新たな地位を得た。江戸は帥府《すいふ》と改名された。そうした新体制下の技術立国政策によって、現在は国際社会における先進国に返り咲いている。


「まさか……徳川の御世が終わっただと！」

それまでおとなしく聞いていた竜之進が気色ばんで声を荒げた。

「あらあら大声出しちゃって。店のお客さんにまで聞こえるから、静かにしてくれない？」

そう声をかけながらさっきの女が盆を手に部屋に入ってきた。

「竜さん……でいいのよね？　これでも飲んで落ち着いて」

そのまま竜之進の前に盆を置いて出てゆく。

「あれは和美。俺と一緒にこの店をやっている」

怒鳴った気まずさから竜之進は盆の上に載ったギヤマンの透き通った湯呑みに手を伸ばし、中の水を口に含んだ。その途端、眼を見開いた。

「こ、これは……酒？　……なんて味だ」

健吾の目尻が下がった。

「水だと思ったろう？　あいつは気のきくやつでな、あんたに合わせて日本酒を出したんだろう。その様子だと口に合ったようだな」

それは竜之進がこれまで飲んだどの酒よりも美味かった。喉に染み入る深い味があるのに淡麗な口あたりだ。街を走り回って喉が渇いていたこともあり、残りを一気に飲み干した。酔いの予感が体に広がる。おかげで気持ちにゆとりが生まれた。

「すまん、あまりのことに驚いてしまった」

「無理もない。俺があんたの立場ならもっと取り乱していたさ。さすが、本物の武士だ」

「ここ……この時代に武士はいるのか？」

「現代では人はみんな平等だ。第二次世界大戦後、かつての身分制度は消え去ったんだ。西洋の人権思想が行き渡った結果さ。幕府の役職もその出自ではなく個人の実力で決まる」

江戸時代の階級意識が刷り込まれた竜之進には受け入れ難い内容だった。だが御家人《ごけにん》とは名ばかりで、他の御家人衆からは一段低く見られる同心の役職に代々就いてきた田村家の人間としては、実力でのし上がれる点でまんざら悪くない社会にも思えた。

「だが、それも十五年前、西暦二〇〇六年までの話だ」と言って健吾の表情が引き締まった。

六

「人間の世界は終わった」

そう前置きして彼が続けた話はあまりに突飛で、現実ではない世界の話のようだった。

戦後、世界は科学技術面でも文化面でも発展を続けた。大国間の軋轢《あつれき》や小規模の紛争はあるものの、国際連合という平和維持組織も誕生し「人類」という概念のもとで繁栄する未来が開けていた。だが、十五年前、かつての清《しん》国、今は華《か》国という国で奇病が発生した。それに罹《かか》ると徐々に顔つき体つきが魚のように変形し、最後には鱗に覆われた魚の怪物になってしまう。人々はこれを「魚人」と呼んだ。感染者は個人の意識は混濁するが、リーダー格の個体から命令を下されれば、集団となって海中を泳ぐ魚群のように整然と行動する。患者の身体から分泌される粘液に接触することで病気は伝染した。当初は華国沿岸部の漁村で発生したが、半年ほどで華国全土に蔓延《まんえん》し、さらに国同士の交通手段の発達によって世界中に感染拡大した。

科学の粋をつくしても治療方法は見つからなかった。そして国民の半数が魚人と化した華国に派遣されていた国際連合の調査団によって、隠されていた真実が暴露された。覇権主義の華国政府は、軍事研究として文字通りの「悪魔」と契約していたのである。

「クトゥルー」という、人類発生以前から存在する邪神を信奉する教団と手を結び、彼らの持つ魔術じみた技術を使って、艦船不要で世界中に上陸侵攻できる軍団を作り上げようと画策した。だが、それは教団の罠だった。南太平洋の海底に先史時代から休眠状態になっている邪神クトゥルーを復活させる儀式には、生贄《いけにえ》になる魚人を十万人単位で必要とする。数が数だけに魚人化を秘密裏に進めるのは不可能だ。教団は華国内で軍部の研究と称して人体実験を重ね、感染力を高めた魚人化ウイルスを完成させた。それをわざと流出させて奇病を蔓延させたのだ。華国政府が教団の真意を知った時は手遅れで、国そのものが崩壊へと突き進んでいた。魚人化した感染者は教団司祭の命令で動くようになった。そして感染拡大目指して市民を襲いだした。

世界各国は奇病の押さえ込みと魚人の殲滅に一致団結したが、自国内に侵入したクトゥルー教団と魚人による破壊工作のため、ほとんど成果をあげられない。ついに教団が「全人類の半分を魚人化し、大いなるクトゥルーとその眷属《けんぞく》をすべて召喚する」と声明を出すのを許すまで世界は追い詰められた。人類は神仏に救済を願ったが在来の神々の奇跡は起きなかった。

ところが、思わぬところから救世主が現れた。南極にある米国の観測基地近くに宇宙から奇怪な姿の有翼生物が飛来し、その背に乗った異形の存在が氷上に降り立った。そして自分ならクトゥルーの復活を阻止できると全世界の人間の心に直接呼びかけた。

その存在は自らを「黄衣《こうい》の王、ハスター」と称した。クトゥルーと同格の神であり、その復活を快く思わぬ存在であると自らについて語った。同時に世界中に潜伏していたハスターを信奉する教団が、続々その存在を明らかにした。ハスター教団員は奇病に感染することはなく、魚人に襲われる民衆を救助する戦闘を始めた。ハスター教団と人類による反撃が開始された。

各国政府はハスターと運命的な契約を結ぶに至った。その内容はクトゥルー復活阻止とワクチン提供の代償として、各国がハスターとその眷属を信奉すること。日本の幕府も同意した。

――魚人となるか、新たな神を信奉するか。

そう問われて世界はハスターを選んだのだ。

世界が二大勢力の抗争の場となった。どちらの陣営も相当な被害を出した。人類の科学でははかりしれない超常的な力のぶつかり合いの余波で、地球の至る所に時空間の裂け目ができた。

勝負はクトゥルー側の敗北に終わり、覚醒を始めていたクトゥルーも再び深い眠りについた。

「ちょっと待ってくれ。わからねぇ言葉が多くて話について行けねぇ」

竜之進が正直な感想を言って健吾の話を止めた。健吾はハッと我に帰ったような顔をした。

「すまん、熱が入っていっぺんに説明しすぎた。要するに、この日本も含め、今はハスターという邪神の言いなりの世の中ってことだ」

「世界を奇病から救った、曲がりなりにも神様なんだろ。何か都合が悪いのかい」

「ハスター信仰法……俺達は邪神法と呼んでるが、世界共通の法ができてな。それは人間の法より上位にある。あんた、無礼討ちの時代から来たんだろ。それならわかるはずだ。人間は邪神やその眷属に食われたり生贄にされたりしても文句が言えないんだ。さっきあんたを追っていた怪物、あれはショゴスといってハスターに奉仕している生き物だ。教団の指示で人を生贄としてさらう場合もあるが、単純に腹が減ったから人間を捕まえて食うこともある」

「そんな時に刃向かったらダメなのかい？」

「あの特殊な身体だ。普通じゃ勝てない。それに、たとえやっつけても信仰奉行所——邪神がらみ専門の奉行所だ、その捕り方に逮捕されて家族ごと死罪になる」

——なんてひでぇ時代だ。

「あんたみたいなのは『異人』と呼ぶ。あちこちにできた時空間の裂け目からこっちの世界に迷い込んでくる人間がたまにいるんだ。もっとも人間以外のものも来るがな。でも、たいていはこの世界の環境が合わずに死ぬか、人間なら社会に馴染めずに発狂するかだ。今日はあんたが武士の格好をしていたので、面白いと思って助けたのさ」

「武士のどこが面白いんだ？」

「俺の爺さんが時代劇——江戸時代を扱った芝居のことだ——が好きでな、子どもの頃から一緒によく見ていたんだ。その影響で大学でも日本の歴史を専門に学んだ。他の時代からやってきた異人の噂は耳にしたが、江戸時代から来た本物のサムライに出くわす機会に恵まれるとはな。俺にとってはワクワクする事態なのさ」

竜之進は自分が見せ物小屋から逃げた珍獣なみに思われているようで撫然《ぶぜん》とした。その顔を見て健吾は微笑を浮かべながら言う。

「まぁ怒るな。江戸の話を聞かせてくれるのを条件に、ここでの面倒は見てやるから」

他に知り合いも無く、この時代の知識もない。江戸に戻れるかどうかもわからない。

竜之進は居住まいをただし、再度頭を下げた。

「かたじけない。世話になる」

七

竜之進は「おいてけ堀」の神隠し事件から始めて自分が今夜経験したことをひと通り健吾に語った。普通なら与太《よた》話として信じてもらえない内容だが、健吾はこの世界なら起こりうることだとそのまま信用してくれた。お紺の消息についても調べてくれるという。願ったり叶ったりの成り行きにしきりに恐縮する竜之進に向かって
「乗りかかった船というやつさ。さっきも言ったように、ハスターに牛耳られたこの世は面白くないことばかり。いい気晴らしなのさ」と健吾は屈託のない笑みを浮かべて言った。
話がひと段落すると、健吾は客の相手をするため店の方に戻っていった。その前に「テレ

ビ」という仕掛けを動かして、竜之進に見ておくよう勧めた。そのカラクリは、梅吉の住いで源内に見せられた「エレキテル」以上に不思議な代物だった。立てかけたガラス（ギヤマンのこの時代の呼称を竜之進は覚えた）の板に動く絵が映る。まるで窓を通したように離れた場所が見える。そうして半刻も見入るうちに竜之進は理解してきた。実際の場所だけではなく、芝居を見せる時があるようだ。ただ役者の動きや言葉遣いは江戸の歌舞伎と大きく違っている。普通の口調、普通の所作で、芝居をしているとは思えなかった。

途中で和美が握り飯とお茶を運んで来た。白い飯に海苔まで巻いてある豪華な握り飯を目にし、竜之進は自分が空腹なのを思い出した。瞬く間に平らげたあと、ガラスでできた湯呑みの茶を飲む。冷たいのにしっかりとした緑茶の味がした。

——町人なのにこの贅沢な食事。化け物さえいなければ、結構いい世の中かもしれない。

そう思いつつも、自分がここに来るきっかけとなったお紺の神隠しに考えが至る。

——お紺があのショゴスとやらにさらわれたのは間違いない。さっきの通行人のように食われたとは思えない。エサならこの世界で十分手に入るから、わざわざ昔の江戸に手を出す理由がない。……だったら、お紺はまだこちらで生きているかもしれねぇ。

考えを巡らせていると店の方が騒がしくなった。血相を変えて健吾が部屋に飛び込んでくる。

「和美！　黄衣衆《こういしゅう》だ！」

そう言いつつ隅にあった長い皮袋から鉄砲のようなものを引っ張り出して戻っていく。

ぱんっぱんっ
花火が近くで破裂したかのような音がたて続けに聞こえた。音がいくつも重なっていることからして、何人もが鉄砲を撃ち合っているらしい。

「竜さん、逃げるよ！」と和美が竜之進の手を取って促す。ひっぱられるままに立ち上がり、出口へ向かおうとして店内を通り過ぎる時、目に飛び込んできたのは驚くべき光景だった。

さっき見かけた店の客たちが、店の入り口に立ち並ぶ黄色の衣を着た男達と鉄砲で撃ち合っていた。相手は全部で五人。彼らが「黄衣衆」とやらだろう。客達は卓を倒し、陰に隠れて時折身を乗り出して撃つ。何人か血を流して倒れている。動かないので絶命しているのだろう。

不思議なことに黄衣の男達は弾があたっても少しのけぞるぐらいでかまわず攻撃を続けている。頭巾と合羽を合わせたような形の黄衣の下に、鉄砲玉を防ぐ鎧《よろい》を着ているのかもしれない。

客たちが持っているのは片手持ちの鉄砲だが、黄衣の方は両手持ちの短い鉄砲だ。だが、恐るべき早さで連発できるらしい。たたたたっと音がするたび、弾よけに使っている卓の木片が飛び散る。一方健吾の抱えた鉄砲は、一度撃つと同時に何個も弾が飛ぶらしく、黄衣の男が一人、顎から上を失ってひっくり返った。

だが、こちらも敵を撃とうと身を乗り出した女が首から胸にかけて何発も弾を当てられ、ガクガクと身体を動かしながら仰向けに倒れた。首の傷から血が勢いよく吹き出る。女の手にしていた小型の鉄砲が、しゃがんでいる竜之進の足下に転がってきた。彼はそれを拾うと仕切りの影に隠れている和美に渡す。

「和美さん、おめえはこれを持って先に逃げてくれ」

「あんた、どうするのよ」

「命の恩人を捨てて逃げたとあっちゃあ、お天道《てんとう》様に顔向けできねえんだよ」

そう言うなり立ち上がって黄衣衆に向かって跳びだした。

「うぉおりゃあ！」

気合いと共に異様な風体の男が向かってきたので、驚いた黄衣の男たちに一瞬の隙ができた。

「とう！」

一人目の横を駆けぬけざまに抜刀し、腰を薙ぐ。黄衣の内側から血が迸る。

「てい！」

二人目の脇を斬りあげる。腕は肩口から切り飛ばされ、胴体は床に転がって血をまき散らす。

「やぁっ！」

三人目の顔に刀を突き出す。黄色い頭巾の後頭部から剣先がのぞいた。

その身体を足で蹴って、頭から刀を抜いた動きのままに身体を回転させて四人目の首を撥《は》ねた。頭巾を被ったままの頭が宙に舞った。

瞬く間に四人を斬り斃《たお》した竜之進の腕前に生き残った全員が凍りついた。

「サムライ……すごい」と健吾が呆然とした口調で言った。

その時、外からふぁんふぁんという音が近づいてくるのが聞こえた。

「黄衣衆の応援だ！」

「健吾、どうする？」

客達が口々にわめくのを、押さえ込むように健吾が大声で言う。

「このアジトは放棄する！　各自、自力で脱出、当面は潜伏しろ！」

それを聞いて、生き残った者達は思い思いの出口から逃げ去った。

「悪い、今度はこっちがあんたを巻き込んだようだ。とにかくひとまず一緒に逃げてくれ」

健吾は奥の部屋に荷物を取りに戻った和美を待ってから出口に向かいつつ、竜之進に声をかけた。三人で路地に面した扉を開けて、店の外に出る。建物の間をジグザグに進み、やがて三人は車輪と扉のついた大きな箱が並ぶ広場に着いた。その中のやや大振りの黒い箱に健吾は真っ直ぐ近づいて行った。把っ手をうごかして扉を開き半身を中に入れながら振り返って言う。

「これは車《くるま》といって、馬なしで動く乗り物だ。和美の真似をして乗ってくれ」

竜之進が和美の動きの見様見真似で車に乗り込み腰掛けると、車は急発進した。

「うわわっ」と加速に身体が背もたれに押しつけられて思わず声が出た。

相当な速さで動いているらしく、ガラス窓の外の景色がどんどん後ろへ流れてゆく。

「すげぇ……」

車の速さにも街の風景にも驚嘆して竜之進は呟いた。

「これから新宿にある隠れ家に向かう」

「隠れ家って……」

「実は俺達はレジスタンス――ハスター教団が牛耳る世に逆らう集まりなのさ。さっき戦っていた連中は店の客を装っていたが、みんな仲間だ。当然黄衣衆には目をつけられている。俺の店が会議――寄り合いの場所だと見破られたらしい。突然踏み込まれてこのザマだ」

――お上に盾突くとは、慶安の変の由井正雪みたいなもんか。

「邪神がお上というなら、刃向かうのも仕方ねぇ。さっきの黄色い奴らも自分は弾が当たっても平気だと高《たか》を括《くく》ってこちらを殺《や》りにきやがったからぶった斬ってやったのさ。お江戸じゃ押し込み盗賊相手でも捕り方は滅多に殺めたりしねぇぜ」

「竜さんはなんであいつらを斬れたの？」と純粋な疑問から隣席の和美が問う。

「あいつらが黄色い着物の下に着込んでいたのは鎧《よろい》みたいなもんだろ？　だったら身体を動かすための繋ぎ目は脆《もろ》いはずだ。そこを狙ったのさ」という筋の通った説明に和美は頷いた。

「頭いいんだ。昔の人は今の私達より遅れてると思ってたけど、利口さでは敵わないのかも」

「いや、色々遅れているのは確かだ。この乗り物も、鉄砲も、度肝を抜かれてばかりだ」

「和美、いい機会だから竜さんにこの時代の言葉を少しでも教えておいてくれ。いちいち江戸時代人にわかるよう言い換えるのも疲れてきた」とハンドルを握りながら健吾が言う。

それから目的地に着くまでの間、和美による現代についてのレクチャーが始まった。車内ではビル、電車、テレビ、携帯電話、拳銃、マシンガンなどの言葉が飛び交うのだった。

八

「新宿に入った」

　健吾が言ったので、竜之進は窓の外を眺めた。西に月が残る夜空を背景にビルの影が立ち並んでいる。窓の明かりがちらほらとしかないのはとうに夜半を過ぎているからだろう。

竜之進が知る新宿は江戸を出て最初の宿場町で「内藤新宿」と呼ばれ、江戸市中と比べるとさほど宿場としての華やかさはない土地だった。だが、目の前に見えているのはこの時代の両国よりもはるかに栄えている街並みだった。やがて前方に周囲を圧倒する巨大なビルが見えてきた。通り過ぎた街に林立する現代の建物に眼が慣れてきていた竜之進にとっても、ビルの両側に天まで届きそうな二本の塔を持つ姿のそれは、人間の力で作り上げたとは信じがたい異形のものに見えた。邪神の本拠地ではないかと考えて、彼は健吾にその考えを伝えた。

「いい勘してる。あれはな、帥府本庁と言って、ここ帥府の政治の中心だ。だが左側の塔、あそこにはハスター教団の日本支部が入っている。この街の政治と権力はいつも教団に監視されている。屋上にはバイアクヘー、地下にはショゴスといった怪物どもがうろついている」

「そんな場所に近づいて大丈夫なのかい？」

「灯台もと暗しってことだ。本庁はどの窓も明かりが点いているだろう？　教団員はなにかの儀式や礼拝を、役人は仕事を、それぞれ朝までしているのさ。でもその反面、周りは夜になると通りに人気《ひとけ》がなくなる。居を構えて暮らしている人間が殆どいないんだ。ヘタに夜うろついていたらショゴスやバイアクヘーの餌食になるだけだからな。それがわかっているから黄衣衆も夜間巡視なんかやらない。新宿は逃げ込み先としてはかえって安全なのさ」

健吾の言うとおり、本庁前を通り過ぎると、街灯以外にほとんど灯りのない街並みになった。何度か角を曲がって細い道路を進んだ後、車は照明で照らされた「徳田綜合クリニック」という看板をあげている建物の前に停まる。すぐに「救急」と書いた赤い電灯表示がある脇の鉄格子が開き始めたので、健吾はその中へと車を進めた。

車を降りると和美が勝手知ったる我が家のように、扉を開けて建物の中に入ってゆく。男二人が後に続いた。白い壁の廊下を進んだ先に「処置室」と書かれたドアがあり、中に入ると白衣を着た、相撲取りのようにでっぷりと太った男が机の前の椅子から立ち上がった。歳は四十位だが、太っているからそう見えるだけで実際はもっと上かも知れない。丸坊主で小さく細い眼、人の良さそうな笑みを満面に浮かべている。竜之進は彼の同心姿を見て何の驚きも示さないこの人物に怪しさを感じた。体格に似合わない甲高い声が男の薄い唇から漏れた。

「こんばんわぁ、和美。健吾、ようこそぉ。そして、ええっと……」

「竜之進と申す」

「竜之進様、ようこそぉ現代へ。ここの病院長のぉ徳田大五郎です」

現代人でないと知っていたような挨拶に驚いた竜之進が、思わず横の健吾を振り向く。

「安心しな。この先生は俺達のとっておきの協力者だ。お前さんがテレビを見ている間、電話で事情を話してあったんだ。これまで誘拐された江戸の女達の件も含めてな」

あとを引き取って徳田医師が独特の口調で続ける。

「本当ならぁここに来て頂くのは明後日だったのですがぁ、『ハスター法浸透部隊』――都民は『黄衣衆』と呼んでいますぅ――に奇襲されたとのことぉ、アジトを捨てたと和美から連絡をもらったのでぇ予定を早めるよう提案したんですよぉ」

「私は昼はここの向かいにある薬局で働いているの。色々と便利なのでね。徳田先生はある作戦で健吾が負傷したのを内密に治療してもらって以来、協力してくれている」

「そうかい、あんた達が信頼しているお方なら安心だ。先生、お世話になります」

徳田はその竜之進の言葉を聞いて、口を三日月のようにゆがめた。さらに笑みを増したつもりのようだ。だが竜之進はそれを見て心がざわめいた。

「先生、二、三日世話になるぜ。病室にでもかくまってもらいたい。その間にこのお武家さんをどうするか――」と言う健吾を徳田医師が遮った。

「ところがぁ、あんた達から話を聞いてぇすぐに調査したんですけどぉ、私の情報提供者からの話だとぉ、そうのんびりぃできそうにないのですよぉ」

「どうしてなの？」と和美が問う。

「江戸から来た女の人はぁ、明日の夜にぃ、『でぃーぷわん』というクトゥルー教団のぉ残党に引き渡されるそうですぅ」

「ええっ」と健吾と和美の二人が口を揃えて驚いた。

「ショゴスの中にぃ未だにクトゥルーに忠誠を誓っている奴がいてぇ、再臨を目論む勢力のいいなりになっていたんですぅ。そいつがたまたまぁ時空の裂け目が定期的に出現する場所をみつけてぇ、他の時代の女性をさらってぇ引き渡すつもりなのですぅ」

「どうして他の時代の女が必要なんだ？」と健吾が疑問を口にする。

「『でぃーぷわん』はぁ女性に彼らの子を妊娠させてぇ、どこかで大量に魚人を育成するつもりなんですぅ。でもぉ、この時代の女性はワクチン接種によってぇ、魚人病に対する抗体ができていますぅ。魚人の子をぉ妊娠できません。だからぁ、過去の女性がぁ必要なんでしょう」

現代人の二人はその説明で納得したようだった。だが、竜之進にはちんぷんかんぷんだ。しかし、大事なことは理解できた。

「要するに先生、お紺がまだ生きていて、すぐ助け出さねぇと、取り返しのつかないことになるってわけですね？」

「その通りぃ。さすが江戸の同心ですねぇ。頭の回転が速い」

「で、お紺はどこに捕まっているんです？」

「さっき通ってきたでしょう？　本庁の地下倉庫ですよぉ。といっても、今はショゴス達のぉエサになる人たちをためておく場所ですがねぇ」

「健吾、悪いが今から俺をそこに連れて行っちゃくれねえか。あとは一人でなんとかする」

「竜さん、水くさい、俺にも手伝わせてくれ。本庁の奴らに一泡吹かせる良い機会だ」

「何言ってんだ、あんた達には何も関わりのないことだ。これまで付き合ってくれただけで一生分の恩義がある」

「竜さん、そうじゃないわ。私たちはお紺さんも、あんたも絶対死なせてはいけないの」

「なんでだい？」

「ここであんた達が死んじゃったら、本来生まれるはずだったあんたの子孫も消えてしまうのよ。それだけじゃない、あんたが同心として江戸で助けるはずの人たちの子孫も同じ。江戸から現代まで合わせれば何万人もが初めからいなかったことになるかもしれない。その中には健吾や私も含まれる可能性がある。だから……これは私たちのためでもあるのよ」

　正直、竜之進には自分が死ねばその子どもも生まれてこない、というあたりしか理解できなかった。だが、二人が彼に協力してくれる強い意志は十二分に感じ取れた。

「あんた達の心意気、この田村竜之進、しかと受け取った。一緒にみんなを守ろう！」

「おお、なんと素晴らしい人間愛！　これだからぁ私は人類、いや健吾達を応援するのです。竜之進さん、私もぉ手伝いますよぉ。……もちろん、この体つきですから本庁には行きませんが、その代わり、私の『とっておき』を提供します。あとで渡すので上手に使って下さいぃ」

徳田医師は顔を赤ん坊のように上気させて言った。

そして前もって準備していたらしい本庁内の見取り図と軽食類を彼らの前に差し出すと、自分は「とっておき」を取りに背後の扉に消えた。

「健吾、あの先生何者だ？　感じが……何か変なんだが」と竜之進が尋ねる。

「ショゴスだ」と健吾は軽食を囓《かじ》りながら悪戯っぽい笑みを浮かべた。

「なっ……冗談だろ。俺を襲った奴の同類だって？」

「本当さ。なんでも、ショゴス・ロードとかいう種類らしい」

竜之進はあまりのことに言葉が出ない。

「あいつはハスターが嫌いなんだそうだ。それどころかクトゥルーも好かんのだと」

和美が健吾に続いて説明する。

「なんでも、ショゴスはもともと邪神達が現れる前からこの世界にいたって言うのよ。もっと崇高な存在に仕えてたんだって。でも、知恵をつけた跳ねっ返りのショゴスが反乱を起こしてその存在はこの世を去った。ところが邪神がやって来て、その邪悪な罠にかけられ支配された。まるで今の人類みたい」

健吾は和美の言葉に頷いて後を続けた。

「あいつは飛び抜けた知性を持っていたので、反乱にも罠にも無事だった。それから気が遠くなるほどの年月を経て、人間にとけこんで暮らせるまでになった。本人によれば『そこらの眷属には負けませんよ』だとさ。これまで、俺達がレジスタンスとしてハスター教団とわたりあえて来れたのもあいつの協力があったからなんだ」

　ようやく竜之進も言葉を紡ぎ出せた。

「だからといって本当に信用していいのかい？　あの先生が悪巧みしてるかもしれねぇぜ」

「私達にとってはそれは今どうでもいいことなの。目の前のハスターを排除できるなら」

「わかったぜ。敵の敵は味方ってことにしておこう」

　頃合いを見計らっていたかのように徳田医師が入ってきた。相変わらず笑みを浮かべている。

「用意はできました。必要な武器は車に積んでおきました。竜之進さん、これがぁ『とっておき』ですぅ。その女性たちを見つけたら箱を開けて下さい」といって掌に乗る大きさの黒い箱を差し出した。竜之進は大きく頷いて受け取り着物の袂《たもと》に入れた。

「でわぁ、ご武運を」

九

　和美がハンドルを握り、後部座席で男二人は徳田医師が積み込んでくれた箱の中を確認した。

「グレネードランチャー二丁にウージー《短機関銃》、閃光手榴弾……至れり尽くせりだ」

「この見取り図はどうやって描いたんだ？　大工の棟梁でもこんなに細かい線は引けねぇぜ……」

「コンピュータっていう賢い機械が描いたのさ。それより赤い線で侵入口から地下の倉庫まで道筋を示してくれているのは流石《さすが》だ」

「これならあの先生が自分で行ってくれても良さそうじゃないか」

「自分は手を出さないんだ。あいつなりの思惑があるんだろう。これは俺達の戦いだしな」

「なんだ、これは？」と折り畳んだ布を見つけた竜之進が言う。

「『竜之進さんの刀をこれで清めてください』って書いた紙が添えてある」

それは絹のような手触りの金色の布だった。いささかの躊躇《ためら》いはあったが人を斬って汚れているのも事実なので、竜之進は刀身をその布でぬぐった。驚いたことに汚れが落ちただけでなく、薄暗い車内で刀身が青い光を放ちだした。眉をひそめる竜之進に健吾が安心させるように言う。

「心配するな。あいつのやることに間違いは無い。おまじないでもかけてくれたのさ」

「着いたわ」と本庁地下駐車場の鉄柵前に車を停めて和美が言った。三人は速やかに降り、脱出時を考え車はそこに置いたまま進む。端にある人間用の格子扉に鍵はかかっていなかった。

「えらく無用心だなぁ。押し込みに入り放題だ」と小声で言う竜之進を健吾が訂正する。

「このすぐ中にショゴスがいるのさ。こんな時間に入ってくる奴は誰でも食っていいことになってるんだろう」

「いきなりあいつとやり合うことになるのか」

「でも、いい事もあるわよ。空腹になったショゴスにつまみ食いされたらたまらないから、人間の警備はいないはず」

「どっちにしても短期決戦だ。倉庫の扉を開けて十分以内にお紺さんを救い出さないと警報装置の知らせでここの全黄衣衆が集まってくると徳田が見取り図にメッセージを書いている」

「元より、のんびりする気はねぇぜ。……それじゃあいっちょう、ア、まいりやしょうか」と最後は歌舞伎の見栄の口調で竜之進が言うと現代人の二人は揃って忍び笑いを漏らした。

広大な駐車場の照明は薄暗く、何十台もの車が迷路を形作るように駐車していた。さすがに徳田医師も車の配置までは図面に描けなかったようだ。三人は腰を落として車の間を縫って進む。中への入口を示す緑の光が前方に見えた時、例の声が聞こえた。しかも別々の方向から。

「てけり」「てけ……りり」

「見つかった！　走れ」と健吾が叫ぶ。一匹が三人の斜め前方にいて向かってくる。後ろではがしゃんがしゃんと車同士がぶつかる音がした。竜之進が振り返ると車を次々と巨体で押しのけながらもう一匹が迫りつつあった。

「前を殺《や》る！」そう言って竜之進は刀の柄に手をかけて駆け出した。一気に距離を詰めるが、敵は数十本もの触手を槍のような形にして突き出して来る。竜之進は勢いのまま地上低く前転してそれを避けると立ち上がりざまに下から斬り上げて断つ。落ちた触手は床をのたうちまわった。だが、ショゴスの胴体は竜之進の眼前に迫っている。

「目をつぶって！」と和美の声。それに従った瞬間、瞼《まぶた》を通しても昼間のように思える光が生じた。目を開けると前にいたショゴスが硬直して動かなくなっている。今の閃光で全ての目をやられたらしい。竜之進は脇に体を滑らせ背後をとる。そのまま刀でめった斬りにし始めた。

——元に戻る速さより速くぶった斬ればいいはずだ
「うりゃりゃりゃりゃりゃりゃあー！」

ショゴスの身体から半透明の肉塊が立て続けに飛び散っては萎《しな》びてゆく。

——すげぇ切れ味だ。豆腐みたいに斬れる！　先生、ありがとよ！

ショゴスは必死で竜之進のいる方向に目と触手を移動させようとするが彼の方に向いたかと思ったとたん忽《たちま》ち細切れにされてしまう。後方で爆発音がし、熱風が吹き付けて来たが、竜之進は斬る手を休めない。ショゴスの身体がしだいに削り取られて行き、ついには西瓜ぐらいの大きさのブヨブヨと蠢く紅色の球体をした器官があらわになった。

——こいつが肝に違いねぇ！

竜之進は刀の切っ先を突き刺すと、掬《すく》い上げるようにして手前に引っ張り出した。球に纏《まと》わりついていた蜘蛛の巣に似た繊維状の組織がぶちぶちとちぎれてゆく。

「げぎぃげぎーっ」

ショゴスが濁った悲鳴を迸らせたかと思うと、みるみる泥土のように形を失っていった。首を巡らすと健吾と和美が駆け寄って来るところだった。背後にはショゴスの身体だったらしい肉塊が散らばり、燻《くすぶ》りながら縮んでいくのが見えた。グレネードとやらを使ったようだ。

言葉も交わさず三人は入り口にたどり着く。和美が鍵の部分をウージーで撃って扉を開けた。

内部は明るく照らされ、案内表示が読み取れる。

「あれだけドンパチやったんだ、ここじゃ聞こえないが監視室では警報が鳴っているはずだ。黄衣衆が駆けつける前に、倉庫まで行くぞ！」と健吾に言われ、みんなで全力疾走する。間取りを頭に入れた健吾が先導する。荷物の搬入を考えた作りなので、すぐに「倉庫」と表示された鉄扉の前に三人は行き着いた。先ほどと同様、銃で鍵を壊し、軋《きし》みをあげる扉を開けた。

「！」と誰かが息を呑んだが、声にはならなかった。

薄暗い照明が照らす広い倉庫内には、やつれ果てた女達の姿があった。ボロボロのものもあるし、傷んでいないものもあるが、等しく女達は着物姿だった。髪もみんな腰に届くほど長い。

――こりゃあ全部江戸の女だ。俺にはそれがわかる。お紺だけじゃねぇ、これまで行方知らずになった夜鷹もここに集められていたんだ。しかし、これは……

開いた扉からさす明るい光に女の多くは目を細めているが、中にはこちらに興味を示さず、壁に向かって時折喚いている者もいる。

――ショゴスにさらわれた時、恐ろしさのあまり気が触れたのだろう……かわいそうに。

竜之進は怒りで身体が震えた。はやる気持ちを抑えて声をかける。

「お紺、大野屋のお紺はいるかい！　……俺は北町同心の田村ってもんだ」

すると、入り口近くにしゃがみ込んでいた一人がよろよろと立ち上がった。

「私……お紺は私です……ああ、助かった」

そう言いつつ近寄ってきて倒れ込むのを竜之進は抱き止めた。拐かされて日が浅いので、着物も汚れていない。

「安心しな、もう大丈夫だ。ここから出してやるぜ」とお紺に言い、他の女達にも声をかける。

「おう、今からおめえ達を助け出す。具合の悪い奴がいたら支え合って一緒に逃げるんだぜ」

反応が薄かった女達も「北町同心」という言葉と竜之進の侍《さむらい》姿に元気付けられたのか、彼の周りに集まってきた。

その時、入り口でたたたたたっとウージーの発射音がした。

「竜さん、黄衣衆だ！　通路の曲がり角まで来ている！」

「よしわかった。俺が道を開くから、この女達を頼んだぜ」

だが、和美が銃を打ちながら言い返す。

「何言ってんのよ。あんたがしなきゃならないのは別のことでしょ！」

——ああ、そうか。あの先生のくれた「とっておき」だ
彼は袂から例の小箱を取り出すと、そっと蓋を開けた。きっと敵を倒す魔法のようなもので

も入っているのだろうと考えて。

　しかし、箱からは蛍のような小さな光が宙に立ち昇っただけだった。その光がみるみる強くなっていく。驚いたことにそれと同調するように、女達の姿が透け始める。気がつくと竜之進自身も身体が透明になり始めていた。

「けっ……健吾、これは？」

「前にも見たことがある。あいつの不思議な道具だ。きっと元の世界に跳ばしてくれる」

「俺達だけか？　あんたら二人はどうするんだ。外には敵がいっぱいいるじゃねえか」

「俺達？　こんな修羅場は何度も潜《くぐ》って来たから安心しろ。二人の方が身軽で脱出しやすい」

　そして、どういう意味か知らないが、二人は竜之進にむかって片目をつぶって見せた。

　室内に光が満ちて何も見えなくなった時、竜之進はグレネードの爆発音を聞いた。

　そして、覚えのある浮遊感を感じたと思ったら、いきなり地面に叩きつけられて倒れた。

　それほど高くはなかったのか、あちこち痛みを覚えながらも身体を起こす。あたりは薄明るい。周囲に見えるのは白い土塀だ。彼の周りにはお紺をはじめ、あの倉庫にいた女達が倒れ伏している。落ちた痛みに唸っているのでみんな生きていると知り、竜之進は胸を撫で下ろした。

近くには彼があの夜に身を潜めていた柳があった。

――戻ったのか？　……俺達は……帰ってきたんだ！

　そう安心した途端、彼は手足を投げ出して地面で大の字になった。江戸ではそろそろ夜明けなのか、紺色からだんだん明るさを増していく空を、彼はいつまでも仰ぎ見ていた。

十

「で、どうなったんだい、お紺達は」と言いつつ源内は盃を口に運んだ。

ここは梅吉の住まいである。源内の向かいに座るのは江戸に戻って三日たった竜之進。今日は彼の前にも盃があり、先刻から梅吉が酌をしている。

「気の触れた可哀想な夜鷹を除いて、みんなすぐ元気になった。大野屋も可愛い女房が戻って大喜びだ。ただ、お紺に『向こうでのことは、ずっと異国の船に閉じ込められていて覚えていないって言うんだぜ』と釘を刺しておいたが、その時にっこり笑って『旦那、わかってますよ』って言いやがった。利口な女だ。本当のことを言っても誰も信じねぇと察してやがる」

「そんな話を俺達に話してくれたのはどういう了見だい？」

「先生も姐さんもこういう話は好きな口だろう？　面白がってくれりゃそれでいいのさ」

「あたしは信じるよ。この世には邪悪な神がきっといるんだよ」

そういう梅吉を愛しげな眼差しで見ながら源内は
――さて、このネタ、どんな話にして本に書こうか。

と心の中であれこれ算段を始めるのだった。

クニガティン・ザウムの娘

御宗《みむね》　銀砂《しらいさ》

ねえ。お話して。

娘がせがむので、男はお話を始めた。
ちろちろと揺れる炎に照らされて、木々と二人の影が踊る。
仲間たちはもう眠っていた。静寂と深淵の暗闇。見上げる空には星ひとつない。

さて、なんの話をしようかな。
記録には残らず、忘れられた時代の話さ。
ちっぽけな宇宙の、ちっぽけな惑星の片隅で。
人類ってちっぽけな種族が、かつてない繁栄を迎えてたのよ。
おのれの無力さを武器に、忘却を糧に。
科学と魔術で世界の謎を解き明かし、青銅と車輪で自然を征服して。

自らの言葉で自分たちが住む場所に、ヒューペルボリアと名付けた。
巨石と数学を駆使して、でっかい都、コモリオムを建造したのさ。

いわく。人類は善。法と秩序を祝福し、富と美を愛する。
悪しきもの、醜きもの、愚かなもの、秩序を乱すものは、容赦なく討ち滅ぼす。
やがてくる未来、人類はあらゆる悪を克服する。忌まわしい死すら打ち負かす。
善き神々と肩を並べ、朽ちる肉体のくびきを捨てて、星の世界へ旅立つだろう。

娘は大きくあくびした。話がお気に召さないらしい。
いいさ、別の話をしよう。ぱちんと焚き木が弾け、火の粉が暗闇に舞う。

むかしむかし、ひとりの悪党がいました。
それはひどい大悪党で、人を殺したり奪ったり喰ったりしました。
奴は仲間と一緒に、人間を喰いました。もっとひどい残酷なこともしました。
きっと、そういうことが大好きだったのでしょう。

そんな大悪党が、ついに捕まりました。

牢獄にとじこめられ、人々は胸を撫で下ろしました。

ですが、予言がありました。

邪悪な企み、更なる災いの前兆だというのです。


気づくと、娘は眠っていた。撫でてやろうと口元に手をやる。娘の息が手に当たる。

はは、こいつ息してやがる。しごく当たり前のことが、とても不思議だった。

男は新しい薪をくべた。

もう寝ちまったか。すやすや、寝息を立ててやがる。無邪気なもんよ。

こちとら、お前をどうやって殺すか、考えて夜も眠れねえってのによ。


聖なる都は、おおよそ三つの層からできている。

聖都の上層は、聖都の中枢たる高貴な人々が住まう場所である。地形的にも一段高い高台の上に、有力者はこぞって、無数の尖塔と大建築を建てた。聖王の住まう御所。高位の神官たちが篦鹿《へらじか》の女神を礼拝する大聖堂。荘厳な石積の最高法院は、この層にある。

白亜の尖塔から、薄い方解石《ほうかいせき》の窓越しに下界を見下ろす。色とりどりの瓦屋根が軒を連ねる聖都の中層が見える。聖都を動かす臣民たちの住居が立ち並び、欽定《きんてい》斬首人による公開処刑を執行する広場から、白い花崗岩《かこうがん》をしかれた目抜き通りが続き、聖都でも指折りの豪商の店や、高名な職人たちの工房が場を占めていた。好奇心に駆られて裏通りに入れば、年の若い書記や学生の住む宿舎に混じり、雑多なものを扱う商店がひしめいている。

尖塔に住む高貴な人々には決して目に触れぬよう、巧妙に隠された場所に、聖都の最下層がある。都にも都の外にも行けぬ人々が、きつい仕事をわずかな給金で請け負い、聖都から出るごみと廃材をあさって日々暮らしている。官憲の目を逃れた怪しい輩《やから》が潜伏し、わずかな食い扶持のために人を殺すものもいる。


裕福な商人がひとり、迷路のような貧民街の泥道を、早足で歩いていた。

商人は飽食《ほうしょく》で肥え太った顔をしかめる。なんてひどい匂いだ。重ね着した七枚衣の裾で鼻をおおう。聖都中央から流れ出る下水の悪臭と、放置された汚物の臭いにまじり、およそ想像もしたくないものが放つ不快極まる臭気まで感じられた。

こんな場所におよそ場違いな彼が、ひとりの供も連れずにやってきたのには、相応の理由、しかたのない成り行きがあった。危険な友人の伝手《つて》。犯罪者の仲介。かの人食い大悪党が持っていたという、稀代の宝物。世界をひっくり返す秘密の鍵。

そして、商人は目的のものを手に入れた。

財布の奥深くに仕舞われた戦利品を思い出し、商人は顔をほころばせた。龍皮造りの深靴は泥道で汚れ、七枚衣の裾にしみをつくるが、気にもかけない。危ない橋も渡った。一つ間違えばあの場で殺されていたかもしれない。だが自分は賭けに勝った。代償は十分報われたのだ。報われたからこそ、命が惜しい。商人は一刻も早く、不吉で危険なこの場所を離れたかった。安全な場所へ、白い花崗岩で舗装された目抜き通りに面した自分の店に。

おい、と声をかけられ、商人は驚いた。

こんな所で声をかけるのは盗人か、人殺しか。およそ悪いものに違いない。だがふり向けば、声の主は貧相な老婆だった。おや、人通りはなかったはずだと、商人はいぶかしんだ。

はたして、この老婆は無害な存在だろうか。善人である保証は皆無だ。だが無力には見えた。外見から想像した通りのしわがれた声で、老婆は言った。

「あんた、これを落としたよ。大事なものだろう?」

心当たりが大いにある商人は肝を冷やした。分厚い衣の上から懐深くに隠した財布に無用心にも手を当てさえした。だが老婆が差し出したのは、見事な大粒の翡翠《ひすい》だった。およそ宝石を見慣れたはずの商人でも、ごくりつばを飲む逸品だった。

「おや、これはどうも。親切にありがとう」

商人は礼を言い、老婆から翡翠を受け取った。開け方を知らぬものには決して開けられぬ、特別製の七重財布を開くと、中に仕舞い込む。

もちろん翡翠は商人のものではない。どこの誰のものとも知らない。だが誰が、馬鹿正直に言うものか。

老婆から離れると、商人は笑った。老婆には決して悟られぬように声を殺して、だが笑わずにはいられない。今日はいい日だ。気前のいいことが二つも転がり込んできた。ああ偉大なる篦鹿の神よ。そうだ大聖堂にささげる生贄を手配しよう。多少の出費など、この際構うものか。

だが商人は知らない。老婆もまた、背後でほくそ笑んでいたことを知らない。

　商人の姿が見えなくなると、老婆だった男は変装を解き、勝手知ったる貧民街の裏道を抜け先回りした。今度はすっかり貴族の伊達男に扮して、貧民街の臭気を消すために香水を丹念にふりかけると、白い花崗岩で舗装された目抜き通り、我が店を目前に、すっかり気のゆるんだ商人と、そしらぬ顔ですれ違った。


「首尾は？」

「上々よ」

　老婆だった男、貴族の伊達男だった男は、待っていた相棒に小さな金属片を投げてよこした。

「ほう、これがあの車輪板かね」

「え、なになに、なにこれなにこれ」

　胸を目一杯大きくはだけた女給が割って入る。ここは、客に媚《こ》びるための店で、客に媚びるための女給が何人もいた。酒を飲む客がいる。遊戯に興じる客がいる。議論に口角泡を飛ばす客がいる。女給たちは合間合間に割って入って、それぞれの方法を駆使して、客に媚びていた。

うまくやれば相応の稼ぎになるのだ。

胸を大きくはだけた女給は、興味津々、相棒の持つ金属片に顔を寄せた。いい形の胸の先が相棒に触れそうになる。男は面白くないとばかり、むりやり間に割り込み、相棒から金属片をひったくった。

「夜叉族は知ってるだろ。玄武岩の山に棲む毛むくじゃらの連中さ」

「知ってる。このあいだ捕まった悪党、夜叉族を引き連れていたんでしょ？　夜叉族の呪いで聖都は滅びるって、もっぱらの噂よ」

「これは、夜叉族の車輪板。奴ら夜叉族が人喰いになる前の時代から、代々受け継いだってぇ代物さ。退化して知性を失っても、これだけは後生大事に守り通したって言うぜ」

「俺にゃ、うすぎたねえ鉛の板にしか見えねえ」

「うるせえ。まぜっかえすな。でだ、車輪板の表には古き神々の真名が、裏には混沌神の秘密が刻まれてるって話なのさ」

「裏も表もつるつるだぞ」

「でも浪漫的ね。すてき。もっと良く見せて」

女給が手を伸ばす。男は意地悪く金属片をさっと仕舞い込んでしまう。機嫌を損ねた女給はぷいと立ち上がり、どこかへ行ってしまった。

「あらら、いっちまいやんの」

「懲りねえ奴だよお前は」

相棒と二人きりになると、男は急に声を潜めた。

「奴が店に戻る前でよかった。七重財布ですら、ご本人に開けるよう仕向けてやっと、仕掛けが解けた。奴ご自慢の七重金庫にしまわれたら最後、いかにこの俺様でも骨だわな」

男は自分の顔に手を当て、大口で笑った。

「で、次の仕事はなんだ」

相棒が言った。男は急に真顔になると、唇の片端を吊り上げ、にやりと笑う。

「失われた夜叉族の街、神殺しの短剣をいただくのよ」


二日後。二人は荒野にいた。

聖都と地方を結ぶ数ある隊商の一つに、二人は潜り込んだ。

小山のように大きな使役獣が曳く、連結された荷車が列をなす最後尾。極上品の絨毯《じゅうたん》だの、純白の婚礼衣装だのが山と積まれている。荷物と荷物の間にできたわずかな隙間に、二人は肩寄せ合い、仲良く詰め込まれていた。

「ま、歩くよりはましだわな」

男は、ぽつりと言った。

荷車は絶えず音を立てる。きしむ音。ゆれる音。こすれる音、はじく音。

ぱちんと何かふみつぶす音がして、荷車が揺れる。今度は相棒が、ぽつりと言った。

「なあ、そろそろ話したらどうだ」

「話って、なによ」

「このやろ、しらばっくれるんじゃねえ」

「やめろ、暴力はよせ、いてて、ごしんたくだよ！」

「ご神託だあ？」

「なんでえ。文句あんのかよ」

「なげえ付き合いだが、お前さんがそんな信心深いとは知らなかったよ」

「俺もさ。だが、見ちまったからなあ」

「見ちまったって、何を」

「ほんものを、さ」

男は頭上を見上げた。荷車に張られた雨よけのほろが、ぱたぱたと風で揺れていた。


祈りは、聞き届けられた。

大神官は頭上を見上げた。大いなる女神のご尊顔を、おそるおそる、拝し奉る。

その背の高きこと、大聖堂の丸天井に、御髪《おぐし》のてっぺんが届きそうだった。右と左に伸びる、御身《おんみ》の肩幅よりもはるかに広い双角が、広げた両翼のように見える。双角の先端が、丸天井のつくる曲面をこする。漆喰《しっくい》の表面を削り取るかりかりかりという音、破片の落ちるぱらぱらという音すら、侵しがたい神聖なものに思えた。

我に返って己の不遜《ふそん》に気づき、恥じた大神官は視線を下に反らす。目前にそそり立つ二本の柱は、恐れ多くも尊き女神の御御足《おみあし》だった。この惑星に顕在した偉大なる篦鹿の神、尊き女神、イホウンデーの御前《おんまえ》に、自分がいる。

偉大なる女神は、哀れな老僕の願いに応えてくれたのだ。

不意に横から、煙のような存在がぬっと現れ、大神官をしこたま驚かせた。女神と共に現世召喚された伴神だった。女神より遥かに弱き伴神は、女神の如く受肉すること叶わず、霊体としてかろうじて形を保っている。見れば、女神のまわりにも大神官のまわりにも小さな伴神が無数にいて、うねくり、はねまわり、くるくると旋回した。

偉大なる女神のたくましい両腕が左右に伸ばされ、豊かな胸の前で双丘を押しつぶすように組まれた。仁王立ちした女神の全身から、声とは何か別のものが、大聖堂に轟き満ちた。


やあやあ、われこそはイホウンデーである。


偉大なる女神は言った。

御言葉は快活で朗々たるものだった。

一語一語に霊力があり、聞くものに高揚と活力を与えた。

囚われしアザトースの末裔が何をたくらむか、問うのだな。

偉大なる女神は言った。

大神官は驚いた。大いなる存在は全知である。尊い本に書いてある通りだ。

欺瞞《ぎまん》も隠し事も、ここでは無為だろう。大神官は改めて悟った。

人間の手で殺され、邪悪な存在は本性を取り戻す。コモリオムは滅びる。

偉大なる女神は言った。

簡潔な御言葉。予感していたとはいえ、大神官は狼狽した。

いかに信じがたくとも、神託は無謬《むびょう》。だがせめて、あらがう手はないのか。

そのとき、何かが変わった。

呼応するように、周囲を乱れ飛ぶ伴神たちは、狂ったように速度を増した。もはや目で追うこと叶わず、渦を巻く無数の光の潮流になり、光のまゆとなって、女神を覆い尽くした。

くすくすと、感情を伴わぬ笑い声のようなものが、あちらこちら、そこここで聞こえてくる。伴神は笑っているのか、それとも怒っているのか。大きな異変の前触れか、それとも気付かぬうちに、大きな失態を犯していたのではないか。大神官は恐れ、おののいた。

光のまゆを突き破り、女神のたくましい腕が現れた。

腕は伸び、大聖堂のすみに隠れ潜んでいた何かをつかんだ。幾多の厳重な警備をすり抜け、大聖堂にまんまと侵入した男が、女神の御手につかみ取られた。

男は女神の手の中で暴れた。一語一語に大神官が腰を抜かすような、神々を冒涜《ぼうとく》する言葉をわめき散らしながら、めっぽう出鱈目《でたらめ》に暴れた。女神は男を落とさぬよう、力を入れすぎ握りつぶさぬよう、ゆっくり持ち上げた。男は、女神の双眸を目前に見た。瞳のない、深淵のごとくぽっかりあいた穴があった。

一転して静寂が訪れた。すべての伴神はぴたり動きを止め、その場に留まり浮かんだ。再び、声とは別のものが、大聖堂に轟き満ちた。

神を恐れぬものよ、聞け。

偉大なる女神は言った。

いかなる感情も、いかなる意図も、読み取ることはできない。

男は冒涜の言葉をやめ、ごくり唾を飲み、神妙に、下される神罰を待った。

失われた夜叉族の街、水晶の塔。クシュリ＝クシュナの短剣を手に入れよ。

偉大なる女神は言った。

はて、どこかで聞いたことがある。男は首をひねる。

大神官はおぼえていた。遠い昔、幼い頃に聞いたおとぎ話だ。

お前が行くのだ。

偉大なる女神は言った。

なぜ俺が、なぜ此奴に。神の言葉は明らかに、男のことを指していた。

すんでのところで、二人は不遜にも神に抗議するところだった。

生きよ。

偉大なる女神は言った。

それが女神の残した、正真正銘、最後の言葉だった。

次の瞬間、この場にある、現世に存在しえぬものすべて、空中にかき消えた。


「で、どうなった」

「それがもう大変。神さま急に消えたもんで、俺様下に真っ逆さま。まだ尻が痛いでやんの」

「けっ、ふざけた野郎だ。にしても、わかんねえな」

「おうよ。質問は三つまでだぜ」

「クシュリ＝クシュナの短剣ってな、どんな代物だ」

「混沌神アザトースの曾孫、クシュリ＝クシュナの体の一部を削り取って作ったという短剣よ。神殺しの異名を持つ。邪神ツァトゥグァがこの惑星に持ち込んだって伝説がある」

「それが夜叉族の街、水晶の塔にあるぞと、女神さんは言ってんだな。車輪板はなんかの鍵か」

「さすが俺の相棒。話が早いわ」

「で、その短剣を何に使うんだ」

「聖都で捕まった人食いの大悪党がいただろう。人間の方法では奴を殺せないらしい。下手に殺せば、聖都が滅びるくらいの大惨事が起こる。てな与太話があってだな。大神官の婆さんは本気で、信じてるみたいなんだな」

「そこで神殺しの短剣の出番か。何で婆さんがやらんのだ。大神官ならなんでもできんだろ。なんでお前なんだ。一銭の得にもならんし、ばっくれりゃいいだろうが」

「そりゃあ、まあ、いろいろあんだよ」

「なんだ急に歯切れが悪くなったじゃねえか。さては大神官の婆さんにほれたか。年上趣味に宗旨替えか」

「うるせえ、そんなんじゃねえ」

「話に聞く呪いってやつか。さすがのお前さんも、神さんの言葉には逆らえんのか」

「正直、それもあるかもしれねえ。だがな。女神の話を聞いて大神官から話も聞いて、俺も見てみたくなったのよ。神殺しの短剣ってやつをな」

「また、いつもの病気が始まりやがった。こりゃ神様でも救いようがねえぜ」

「ま、大神官だろうが女神様だろうが、あれこれ指図されるのは気に食わねえ。神殺しの短剣、場合によっちゃ女神さんに使ってやるぜ」

「にしても、わからねえな」

「おいおい質問は三つまでだぞ。女神様が伝説通りのすっぽんぽんか、聞きてえのか？」

「馬鹿いえお前さんじゃあるまいし。そもそもだ。でっかい女神さんが出張って、直接悪党をやっつけりゃ、この話は終わりじゃねえか？」

「俺も聞いたさ。ずっと簡単だろ。大神官の婆さんいわく、こわれちまうんだと」

「こわれるって、何が。大聖堂か、聖都か？」

「この惑星」

「もうやだ。やめだやめだ。だから宗教沙汰は嫌なんだ。俺は寝る」

相棒はごろりとふて寝した。


隊商と別れる時がきた。

二人はわずかな食料を背負うと荷車を降りた。近くの高台に登ると、二人はすっかり周囲を見渡すことができた。来た道の方角には荒野がどこまでも続いている。別れたばかりの隊商は、もうすっかり小さくなっていた。二人を乗せて運んだ、使役獣の曳く連結された荷車の列が、足取りも重く遅く、のろのろと離れていく。

反対側に目をやると、密林が、地平線まで広がっていた。やけつく太陽に照らされた異様なほどに濃い緑は、むしろ暗く灰色か黒に見えた。森の奥から名も知れぬ生き物が発する咆哮が、絶えることなく聞こえてきた。

「見ろよ。夜叉族の街が、この森に埋まってんだぜ」

男は、薄くなめした龍皮を広げ、墨と辰砂《しんしゃ》で記された古い地図と、目の前の密林を見比べた。

絨毯のように広がる密林の木々を突き抜け、ひときわ高くそびえる不自然な構造物があった。

大昔に造られ、未だ崩れず残っている人工物なのは、一目見て分かった。

どれほどの年月を経たのか。側面から、へばりつくように生えた木々が、こんもりと枝葉をしげらせ、太い蔦《つた》が幾重にもまとわりついている。先端は大きく平らに広がり、空に向かって腕を伸ばし、何か掴もうと指を広げた、巨人の手のひらに見えた。

大型の翼竜が何翼も周回しているのは、きっと上に巣があるのだろう。

「あれを夜叉族が作ったってか。信じられねえな」

相棒はそっぽを向くと、にわかに顔色を変えた。

「おい、様子がおかしいぞ」

二人は反射的に身を伏せ、地形に体を隠す。

注意深くゆっくり頭を上げ、荒野の方角を、目を凝らして見る。

そこには、酸鼻《さんび》極まる光景が広がっていた。

隠れる場所のない荒野の、いったいどこに隠れていたのか。

数十の黒い有象無象《うぞうむぞう》が、一斉に湧いて出た。

人間とそう変わらぬ大きさで、二本足と四つ這いを交互に使った。

小さいものも大きいものも、どれも恐ろしく素早い。

無秩序に、あっという間に、隊商の末尾を飲み込んだ。

異変に気づいた隊商は、逃げた。戦った。

どちらも数と残虐さに蹂躙《じゅうりん》され、すぐ、されるがままになった。

殺され、引き裂かれ、引きずり出された臓物が、ぴんと引き伸ばされるのが見えた。

何人かは生きたまま食われた。かすれた絶叫が、ここまで聞こえた。


小山のような使役獣が悲鳴を上げ、横倒しに倒れる。黒い点がたちまち群がる。

そこここで繰り広げられる残虐行為の中に、一人か一匹か、ひときわ目を引く存在がいた。

「女だ。恐ろしく手足の長げえ女だ。長い手足で人間をひっつかんで、頭から食ってやがる」

人一倍目の効く相棒が、聞かれぬように声を殺して叫んだ。


「見つかった」

「馬鹿言え、この距離だぞ」

女の近くにいた十数体が、放たれた矢のように一直線、二人のいる高台目指して走ってきた。

それは人でも獣でもない毛むくじゃらの夜叉族で、手を使い足を使い、高台のふもとまで、あっという間にやってきた。

「やばいぞ」

「ずらかれ」


二人は滑るように、高台の反対側に駆け降りた。

密林に降りた瞬間、夜叉族が四体、上から降ってきた。

間一髪、男は夜叉族の口に地図を突っ込み、難を逃れる。


相棒は手裏剣を打つ。

一体、二体、三体、黒曜石から削り出された小指の先程の手裏剣が、急所を正確に貫く。

空中で絶命した夜叉族が三体、地面にぶつかり鈍い音を立てた。


「こっちもなんとかしてくれー」

残る夜叉族は、まだ男と格闘していた。

すかさず次の手裏剣を構える相棒、だが打てない。


「こいつ、お前を盾にしてるぞ」

事実だった。この夜叉族は馬鹿ではない。同族に何が起きたか理解している。右から狙えば左に、左に回れば右に。男の体が壁になるよう、巧妙に体の位置をずらす。夜叉族は笑った。夜叉族という種族は、こんなふうに笑うものなのか。男はぞっとした。こいつ、仲間が来るのを待ってやがる。

夜叉族は、口の中の地図を鋭い牙で噛み砕くと、ごくりと飲み込んでしまった。太い腕と鋭い鉤爪、上下にずらりと並んだ牙が、男に襲いかかる。残りの夜叉族はもうすぐ近くだ。一刻の猶予もない。

男が覚悟を決めた瞬間、ごつんと鈍い音がした。

夜叉族は白目をむき、ぐにゃぐにゃとその場に倒れてしまった。

二人は、密林の奥深くにまで逃げ込んだ。

何がどうなったか、さっぱりわからない。走って走って、動けなくなるまで走ったので、二人同時に、ぺたりその場に座り込んだ。しばらくは動くこともできず、その場であえいでいた。

だいぶ時間が経ってからようやく、男は相棒に話しかけた。

「追っ手は、見えねえ、上手くまいたか、にしても、よく助かったなあ」

「そりゃあ、あいつのおかげだろ」

「あいつ？　あいつってなんだよ」

相棒はまだ息を荒げながら、男の後ろ、密林の木の上を指さした。娘が一人、木の枝の高みに寝そべっていた。

「命の恩人だよ。お前さんを食おうとした夜叉族を、岩でごつん、とな」

「命の恩人だ？　おいこら、こっち降りてこい！」

娘は木の上であくびをすると、何やらわめいている男を見て、答えた。

「にゃあ」

「にゃあ、じゃねえ。お前、なにもんだ。こら、返事しろ！」

娘は飛び降りた。かなりの高さがあったにもかかわらず、娘はためらう様子もなく、すっと降り立った。一連の動きには一種の優雅さがあり、身軽な森の獣を連想させた。

娘の見た目も、半分は獣だった。ぼろぼろの獣皮をわずかに身にまとい、髪はぼさぼさ、歯ははすっぱ、顔も手足もすっかり日に焼けていた。靴もなく足は裸足だ。

「こりゃ、蛮族の娘だ。夜叉族の姫さんだな。お前さんを気に入ったとよ」

相棒が言った。娘は男に擦り寄り、くんくんと、動物がやるように男のにおいを嗅ぎ始めた。

抗議する男をよそに、娘は男の体の隅々までにおいを嗅ぎ分け、ついにみつけた。

「盗《や》られた！」

娘は逃げた。口に鉛色の金属片をくわえている。男の上着に巧妙に隠された車輪板を、娘はにおいだけで見つけ出した。

相棒が手裏剣を投げる。右に左に跳躍し、娘は視界の利かぬ下生えの中に逃げ込んだ。

「追うぞ」

男は娘を追い、下生えをかき分けて進む。無数の虫が透明な羽を広げて、一斉に飛び上がる。相棒が後に続く。小さなとかげが何匹か、ぞろぞろと這い出してくる。何かがちくりと刺した。びっしりと棘を生やした植物が、容赦無く二人を刺す。足元には腐った植物が積み重なって、ふわふわと柔らかい。

「こりゃ、足跡も残らねえな」

「なあに、真っ当な生き物なら必ずあとを残すさ。狩りと洒落込もうぜ」

老練な狩人がやるように、男は娘が残した痕跡をひとつひとつ見つけ、追っていった。

「気をつけろ。谷地眼《やちまなこ》がある。落ちたら死ぬぞ」

「あの娘、なにもんだろうな」

「あの娘は車輪板を知ってた。においだかなんだかで俺が持ってると見当つけてたのさ。見てみろ、こりゃあ幸先いいぞ。夜叉族の街は本当にあったんだ」

密林が、かつての街の上にできたことは、もう間違いなかった。人工物の痕跡がいたる所にあった。人の腕よりも太い巨木の根が、複雑怪奇に分岐と融合を繰り返した異形の巨人の指のように掴んでいるのは、かつての建造物であったり、風化して原型をとどめていない記念碑であったりした。かつて石畳だった場所。かつて階段だった場所。空っぽの用水に石橋がかかり、すべてを森の木々が覆い尽くしていた。

「てことはだ。水晶の塔も神殺しの短剣も、こりゃ本当にあるぞ。伝説でもおとぎ話でもねえ。さすが女神さん、嘘はつかねえ」

そのとき、大型獣がぬっと、木々の間から姿をあらわした。

荒野では、隊商たちの亡骸が放置されていた。

荒野の太陽に焼かれ、血はすでに乾いている。無数の羽虫が、山のようにたかっていた。

生きて、動いている人間もいた。彼らはみな軽装の鎧を着て、揃いの青銅の剣を帯びていた。死体と、死体の周囲を歩き回り、組織的に綿密に現場を調査した。

兵士の中の数人が、急拵《きゅうごしら》えの天幕に入った。

天幕の中は、甘い匂いが満ちていた。乳と蜜で彩られた無数の菓子皿に囲まれた年若い娘が、菓子をひとつ、ほおばっていた。

子供と言っていいほど幼い娘で、尼削《あまそ》ぎの髪は綺麗にとかしつけられ、簡素に見える服装は、聖都でも最も高貴な人々が着ることを許されたものだった。小さな手には、指輪がいくつか、不格好なくらい大きな宝石をつけていた。

　娘の左右には、何人かの男女が侍っていた。娘のすぐ右には不思議な光沢の鎧を着た男が、左には子供くらいの背丈の老人が、うやうやしく控えていた。

「報告せよ」不思議な光沢の鎧を着た男が言った。

「手短かに」子供くらいの背丈の老人が言った。

「生存者はありません。すべての死体は身体を大きく欠損しており、手足や首が引き抜かれていたり、獣に食害されたような著しい損傷がありました。夜叉族の死体もいくつかありましたが、生きている夜叉族は皆無です。地面にはおびただしい数の足跡が、すべて裸足で、夜叉族と思われます。足跡は密林の方角へと続いていました」

　なるほど、と娘はうなずいた。腹を満たした後は、とっくに移動したのだろう。

　傍にいた商人が、発言の許可を求めた。こんな場所でも、七枚衣を手放さない。さぞ暑いことだろう。額から汗をしたたらせ、汗拭きの布で何度もぬぐう。

「例の隊商なのか。間違いないか」

「使役獣の焼印で確認が取れました。大聖堂にいる密偵からの報告と一致します」

「車輪板は？」

「見つかりません」

「例の男はいたか」

「わかりません。似たような背格好の死体は、いくつかありました。ですがどれも顔の損傷が激しく、肉が削がれていたり、眼球をくりぬかれていたり、人相での確認は不可能です」

「そんないい加減な！」

「貴方が直接見に行けばいいのに。会ったことあるんでしょ？」

紅潮して顔を赤くした商人に、胸を大きくはだけた女が言った。外で死体を調べる自分を、想像でもしたのだろう。商人は顔を青くして、ぶるぶる震えはじめた。

赤くなったり青くなったり、なんとも面白いやつだ。菓子を食べながら娘は思った。

「お前が行け。男の素顔を直に見てるじゃないか」

「私はいいの。彼がこんなところで死ぬはずないのは、私が保証します。で、姫様。これから、どうします？」

姫様と呼ばれた娘は、頬杖をついた。さて、どうしたものか。片手に持った食べかけの菓子に目をやったあと、娘は左右の男女に視線を移した。

「水晶の塔の位置はあらかた分かっております」子供くらいの背丈の老人が言った。

「ならば話は早い。塔に直接向かうべきですな」不思議な光沢の鎧を着た男が言った。

「すでに斥候を何名か、密林に放ってあります」これといって特徴のない女が言った。

「夜叉族など敵ではない。俺一人で屠《ほふ》ってやる」がりがりに痩せた男が言った。

娘は満足げにうなずくと、手元に残った菓子の最後の一切れを口の中に放り込み、すかさず次に手を伸ばした。

　大型獣は、分類上は長毛類に属する。身の丈は人間の大人の二倍ほど。だらんと伸ばした腕を地面につき、直立前傾姿勢で移動する。振り回す腕の先端を見ると、指の一本一本から鋭い爪が伸びていて、束ねた短剣のようだ。全身から長く伸びた体毛には、木の枝や葉が幾重にも絡まり、小さな森が歩いているようだった。

「こいつ、手裏剣の二、三発じゃ効かねえぞ」

「落ち着け。目を逸らすな。逃げたら襲ってくる」

　男は、大型獣をにらみつけた。目鼻は長い毛におおわれ、顔がどこかすら、はっきりしない。大型獣はどんどん、二人に近づいてくる。

　腕を伸ばせば届きそうな距離になったとき、大型獣は背を大きく伸ばし、だらんとした腕を振り上げた。二人は思わず、その場に尻餅をついた。

　大型獣は二人を襲って来なかった。大型獣は、束ねた短剣のような鋭い爪を巧みに使うと、高い場所にある木の葉を枝ごと切り落として、長い毛に隠された大きな口で、むしゃむしゃと食べ始めた。二人のことなど見向きもせず、大型獣は食事に夢中だった。

　緊張の糸が切れて、おかしくておかしくて、二人はげらげら笑い始めた。なんの拍子か木の上から大量の蛇が一斉に落ちてきて、たまらず二人は逃げ出す。大型獣は黙々と食事を続けた。

蛇も逃げる二人も、気にもかけない。

逃げる二人の頭の上で、若い娘の笑い声が聞こえた。

またしても、蛮族の娘がいた。男が指差す。娘が木の枝の上で笑い転げている。相棒が手裏剣を投げる。続けて、二本。

娘は反対側、木の枝の先の方に逃れるが、相棒が狙ったのは娘ではなかった。

相棒の放った手裏剣は、木の枝の支点となる場所を正確にえぐった。さほど太くはない枝は娘の体重を支えられず、めきめきと折れ曲がる。娘は別の枝に飛び移ろうとするが、もう間に合わない。別の枝を掴もうとする娘の手は空を切り、下に落ちるしかなかった。

ぼちゃ、と音がした。水のようで水とは違う、もっと粘性の高いものの中に、娘は落ちた。

一部の密林では谷地眼《やちまなこ》と呼ばれる、特殊な地形ができることがある。大型樹木が枯れて腐り、太い根があった場所に垂直に大きな空洞ができる。水が溜まり、細かい泥や、腐った腐葉土がたまる。

上から見れば、小さな水たまり、泥だまりだが、落ちれば深い。浮くことも、這い出ることもできない。動物も人間も、落ちれば助からない。

娘はもがいた。叫んだ。叫ぶときに泥をいくらか飲み、気管に入った。苦しい。息がしたい。娘はそれだけを考えた。意識が薄れかけ、娘の心臓がどくんと、ひときわ大きく脈打ったとき、伸びてきた腕が娘の髪をつかみ、引き上げた。

密林の中を流れる川の水は泥水で濁っていたが、水量は豊富で谷地眼の泥を洗い落とすのにちょうど良かった。娘と男は裸になり、体と身につけていたものを洗った。太陽に焼けた岩にぴたりくっつけておくと、衣服はたちまち乾いた。

相棒は少し離れた場所で、注意深く、周囲を警戒している。

男が泥のこびりついた頭を洗っていると娘が寄ってきた。こうして裸を見ると、恥じらいの様子を見せないほかは、人間の娘と変わらない。美しいとさえ男は思った。娘は、口をあーんと開けると、中から金属片を取り出し、男に手渡した。

「車輪板か。俺にくれるってか。命を助けたお礼か、いや違うな。一緒に行こうってか」

蛮族の娘は、人間がやるようにうなずいた。男は相棒に言った。

「休戦協定成立だ。目指すは水晶の塔だ！」

「地図はもうないぞ」

「あるさ。俺様の頭のなかに」

男は豪語したが、行軍は難航した。大まかな位置と方角はわかっても、視界は密林に阻まれ人の通る道はなく、巨木やかつての建造物、どうしてこんな場所にあるか首をかしげる数々の巨岩が、行く先をはばんだ。危険な生物や谷地眼のような天然の罠を注意深く避けて、三人は進んだ。

壁のない迷路のごとき密林を、一度も引き返すことなく進むことができたのは、蛮族の娘の手柄だろう。娘は常に正しい道を示し、危険をいち早く知らせ、二人を導いた。

何度か危険な目に遭い、相棒の手裏剣も残り少なくなったころ、三人は急にひらけた場所にでた。目の前に現れた輝く塔を指さし、男は言った。

「見ろよ。あれが水晶の塔だぜ」

水晶の塔は、文字通り水晶でできていた。

常識では考えられないほど大きな水晶を整形し積み上げ、花崗岩を敷くように水晶が敷かれていた。高台から見たあの建造物と、構造は似ている。高く伸びた塔のてっぺんに、巨人の手のひらのように広がった、平たい構造物があった。ただ他の塔ではあれほど繁殖していた植物が、水晶の塔には気配もなかった。塔にも周囲にも一本の木も草も生えておらず、ひらけた広場になっていた。動物はおろか、生き物の気配もない。

「連中、なんでこんなもん作ったんだろうな」

「大神官の婆ちゃんが言うにはな、お墓なんだと」

「そりゃ、えらく派手好きな連中だったんだな」

「自分たちのご先祖さまの、そのまたご先祖さま。邪悪神の始祖や混沌神そのものが住む星の世界に、少しでも近づこうとしたのさ。奴らは信じてたのよ。死ねば死ぬほど少しずつ、神様に近づけるってな」

「なんだそりゃ」

「俺様もさっぱりよ。さ、行くぞ」

水晶の塔の入り口は、すぐに見つかった。むしろ、見つかるように作ってある、と言った方がいい。扉も何もない。開けっ放しだ。

蛮族の娘が足を止め、体を震わせた。

「夜叉族の姫さん、怖いとよ」

「やっぱりなんかあんのか。よし相棒、帽子を貸せ」

「これは俺のお気に入りだ。絶対わたさねえ」

男は密林で手頃な木の枝と石、丈夫な蔦を拾ってきた。蔦で枝の先に石をくりつけ、入口向かって投げた。

「そらよ！」

何か目に見えないものが、空中で枝と石を捉え、噛み砕いた。

「見えない番犬か。連中、妖術士までいたんだな」

「だが鎖つきだ。一定の範囲外は襲って来ねえ。何匹いるのかな」

男は小枝と石を、今度はふたつ作って投げた。ひとつは即座に噛み砕かれたが、ふたつ目が噛み砕かれたのはその後、少し時間が経ってからだった。

男と相棒と娘は、小枝と石をたくさん作り、同時に宙高く放り投げた。

「走れ！」

男は叫んだ。見えない存在が全部噛み砕く前に、三人は大急ぎで水晶の塔に入った。

「帰りはどうすんだ？」

「そんときはそんときさ」

塔の中も、罠でいっぱいだった。毒霧が噴き出る仕掛けがあり、水晶の特性を巧妙に使った落とし穴や、哀れな犠牲者を串刺しにする仕掛けがあった。罠に遭遇するたびに、蛮族の娘が察知し、男が解除した。ときには三人で力を合わせて乗り切った。

「派手付きで罠好きか。友達は少なそうだな」

「もうすぐご本尊に会えるぜ。聞いてみっか？」

兵士の一行が、水晶の塔に到着した。人数と密林の危険を考えれば、驚くほどの速度、損害の少なさと言えよう。不思議な光沢の鎧を着た男に抱きかかえられ、娘はまた菓子を食べていた。

塔に入ろうとした兵士がひとり、透明な怪物にたちまち喰われた。娘の側近たちはこの場に兵を止め、鳩首《きゆうしゆ》を並べて協議した。

「魔術の目で見ましたところ、あの入り口は異世界の召喚獣が守護しております。この惑星に召喚された異次元の生物で、人間の武器は効かないでしょう」

子供のような背丈の老人が言った。

「魔術で、奴を止めることはできないか」

「できたとしても、わずかの時間です。ですが、やってみましょう」


水晶の塔の最上階は、水晶の玄室だった。

壁も床も透明で、足下に密林が広がっていた。水晶で作られた透明な棺があり、煌《きら》びやかな衣装をまとった夜叉族が納められていた。

「気をつけろ。そこには吊り天井、下にいたらぺしゃんこだ。その小さな穴は何かが噴き出る仕掛けだ。このにおい、酸だな」

「あそこにある妙なもんは？」

棺の脇に小さな円卓があった。どんな原理なのか、外から導かれた太陽光が当たり、中央が丸く光っている。いかにも怪しいが、罠はなさそうだ。

「円卓は白い大理石だ。水晶じゃないんだな」

「天井も大理石だ。こりゃ、なんかあるな」

蛮族の娘は棺に近づき、覗き込んだ。透明な水晶越しに、中の夜叉族がよく見える。まるで、生きているようだった。手に短剣を持っている。非対称で均衡に欠け、およそ短剣と呼ぶには奇妙な形をしていた。

「どこを探しても棺に継ぎ目がねえ。いったいどうやって開けるんだ？」

「棺の上に丸い穴がくり抜いてある。ちょうど車輪板と同じ大きさだ。わきに何か彫ってある。こりゃ、古代イス文字だ。なになに」


我に車輪板をかかげよ。旧き神々を我に向ければ、汝は塔と共に滅びる絵だろう。

混沌神を向ければ、我は再び蘇るだろう。


「車輪板はどっちの面もつるつるだぞ？」

「いや待てよ。そうか！」

得意満面の男に、声をかける者があった。聞き覚えのある女の声、続けて中年の男の声。

「はぁい、また会ったわね」

「この泥棒め！」

「おどろいたぜ。あんときの女給に、翡翠を猫糞《ねこばば》した七枚衣の商人さんじゃないか。こんなに高いところまで、わざわざ階段登って、ご苦労さま。兵隊さんまで連れてきて。お目当ては一体なんだい」

「おあいにくさま。貴方も年貢のおさめどきよ」

がりがりに痩せた男が現れ、男に躍りかかった。

水晶の塔の下では、恐ろしく手足の長い女が、夜叉族を引き連れて現れた。女は入口手前で立ち止まると、恐ろしく長い手で手近の夜叉族を一体、ぽんと放り投げた。たちまち夜叉族は、見えない存在に噛み砕かれる。その間に女は塔に入った。ついてくるよう女が合図すると、残る夜叉族が一斉に後に続いた。半数が塔にたどり着き、半数は噛み砕かれた。

水晶の塔の最上階、水晶の玄室。

がりがりに痩せた男に、蛮族の娘が割って入るのがほぼ同時だった。二人は目にも止まらぬ速さで戦った。娘は獣のような敏捷さで動いたが、がりがりに痩せた男が一層速い。魔術で脳の一部を破壊する。それががりがりに痩せた男の秘密だった。体はがりがりに痩せ、長く生きることはできない。だが引き換えに、常人を遥かに凌駕する力と速度、感覚を得る。

娘の持つ天性の力を、がりがりに痩せた男は圧倒した。

「目で追うのが精一杯だ、手裏剣を打てねえ！」

そこに不思議な光沢の鎧を着た男が現れた。相棒は手裏剣で応戦するが効かない。青銅鎧も貫く黒曜石の手裏剣が、男の周囲にある不思議な力場に阻まれてしまう。

相棒は、不思議な光沢の鎧を着た男に組み伏せられた。蛮族の娘は、がりがりに痩せた男が振り下ろす短剣に、命尽きようとしていた。娘の心臓が再び、どくんと大きく高鳴った。

「待て!」

男が叫んだ。

「謎は解いた。秘密を教えてやる」


がりがりに痩せた男は、かまわず蛮族の娘を殺そうとした。

だが、短剣を振り下ろす手は、直前で止められた。

「あんたが親玉か。いい面構えしてやがる」

菓子を手に持つ娘が現れた。せっかくの獲物をおあずけされ、がりがりに痩せた男は大いに不満げだったが、菓子を手に持つ娘には逆らわなかった。

「そこの蛮族の娘と、俺の相棒。二人を解放しろ。車輪板の秘密を解き明かしてやる。さもないと、車輪板を破壊する。誰もお宝を手に入れられない」

娘の側近たちが現れ口々に意見を言う。子供くらいの背丈の老人は、この男は信用ならない、殺すべきだと力説した。魔力を使い切り憔悴《しょうすい》した老人が、自分を正しい道に導こうとするのが、娘はうれしかった。だがすでに心に決めたこと、変えるつもりはない。

娘は小さくうなずき、契約は成立した。

話すより早いと、男は実演を始めた。いつでも即座に殺せるよう、武装した兵士が取り囲む。

「まず車輪板の汚れを落とす。ここにある酸の罠を使おう。見ろ、ぴかぴかだ。だが表も裏も、見た通り何も刻まれちゃいねえ」

「そこで、円卓の上で光を当てる。天井に反射した光を見な、糸くずみたいな、光の筋が見えるだろ。表面の微妙な歪みが、反射するとああなるんだ」

子供くらいの背丈の老人が、感嘆の声を上げた。

「古代イス文字です。忌むべき混沌神を讃える言葉が、ああ、なんてことだ」

「それ以上読むと狂気に片足突っ込んじまうぜ。で、こっち側を仏さんの方に向けてと」

男は車輪板を、水晶の棺にあったくぼみに当てはめた。

何も起こらない。誰もがそう思ったころ、変化があった。中の亡骸がゆっくりと動き、水晶を透過して、棺の外に出た。

生き返った死体は困惑の表情を浮かべた。何か話そうとして、体も衣もみるみる朽ち果て、塵の山になった。奇妙な短剣だけは腐食することなく、水晶の床に突き刺さった。

床に抑えられていた蛮族の娘が、急に暴れ出した。

「敵襲です！」

玄室の出入り口近くにいた、これといって特徴のない女が、悲痛な叫びを上げる。後ろから伸びた、恐ろしく長い手が女の頭をつかみ、そのまま握りつぶす。

「なんでえ、ありゃあ」

恐ろしく手足の長い女は、白い婚礼衣装を着ていた。男は見たことがある。女が着ているのは、襲われた隊商の荷物だ。ところどころが破け、汚れ、赤い血の染みがついているが、間違いない。塔の罠をかいくぐり、生き残った夜叉族が、女の後に続く。

がりがりに痩せた男が、手足の長い女に飛びかかる。

恐るべき俊敏さで夜叉族を蹴散らし、長い手をかいくぐり、たちまち女の懐まで迫る。短剣を振り下ろす直前、女は恐ろしく長い足で一歩踏み込み、先に体当たりを食らわせた。均衡を崩した男を改めて捕らえると、水晶の壁に亀裂が入るほど力いっぱい叩きつけた。がりがりに痩せた男は血を吐き、動かなくなった。

次に動いたのは、自由になった蛮族の娘だった。

恐ろしく長い手が、娘を捕まえようとする。娘は右に左に素早く避けるが、ついに捕まってしまう。娘は自分を捕らえた手にひっかきかみつき抵抗するが、女は意にも介さず、無造作に投げた。吊り天井の罠が作動し、蛮族の娘をぺしゃんこに押しつぶした。

不思議な光沢の鎧を着た男は、兵士たちに号令をかけると、自らも剣を抜いて女に挑んだ。

鎧の放つ不思議な光に気づいた女は、婚礼衣装の長いすそで鎧ごと男を包み、振り回して兵士たちを蹂躙《じゅうりん》した。ぐったりした男の両足を折って動けなくすると、そのまま放置した。

子供ほどの背丈の老人は、力の限り念を送って夜叉族から大切な娘を守り、力尽きて死んだ。商人は、夜叉族に七枚衣を引き裂かれ骨だけ残った。胸元を大きくはだけた女はいつの間にか消えていた。残る兵士たちは最後まで健闘した。次々と殺されるか、あるいは相打ちになった。

菓子を持った娘はすべて見ていた。自分を守るものはもういない。正真正銘、最後の菓子の一切れを口に放り込み、娘は笑った。そして、八つ裂きにされた。

「おい、こっちを見ろ！」

恐ろしく手足の長い女が振り向くと、神殺しの短剣を構えた男が立っていた。

「知ってるんだぜ。こいつはなぁ、お前だって殺せ」

男の言葉を待つことなく、女は恐ろしく長い手を伸ばした。男は目的の短剣を持っている。男は強くない。奪い取れば無力だ。だが次の瞬間、違和感を感じた女は、後ろを振り向く。

「とっときな」

相棒の放つ円環状の黒曜石が、高速で回転しながら、女めがけて飛んできた。

鋭く脆く、極限まで薄く削った刃は、咄嗟《とっさ》に防ごうとした女の腕を骨ごと切断し、喉元深く食い込んで、ぱりんと割れて砕けた。女の首が皮一枚残して、だらんと垂れ落ちた。

だが、女は死んでいなかった。

切断された腕の切断面から細い腕が数本伸びて、もういらぬとばかり、女の首を引きちぎる。

女の体が二回り大きくなり、婚礼衣装がびりびり裂けた。首の切断面がぱっくり開き、大きな口ができた。口の中には何重にも鋭い牙が生えて、かちかちと音を立てた。

男と相棒は顔を見合わせた。足を折られた鎧の男は呪いの言葉を吐いた。

蛮族の娘の、ぺしゃんこに潰れたはずの心臓が、どくんと脈打った。

吊り天井の隙間から流れ出た赤い血は、不自然に泡立ち、ありえない方向に流れて、大きな血溜まりを作った。血溜まりは大きく膨れ上がり、丸めた背中に見えた。血溜まりはむっくり起き上がると、男と相棒に振り向いた。へへへと笑ったように思えた。

ふくれた血溜まり全体から、篦鹿の女神と同じ、声とは別のものが響いてきた。


えへへ、わたしは誰かって?

人間風に言えば、同じ父親から生まれた、妹だよ姉さん。

ここで会ったも何かの縁、死ぬまで殺し合おうか。

わたしらにとって同族食らいは、あいさつみたいなもんでしょう?


膨れ上がった血の塊は、密林の巨大獣より隊商の使役獣より大きくなった。恐ろしく手足の長い女だった肉の塊が突進し、水晶の壁を突き破って、一緒に塔から落ちた。

二人は空中で何度も目まぐるしく形を変えながら、やがて大きく広がり、お互いを包み込もうとした。菓子好きのあの娘ならこう思ったろう。麺麭菓子《パンケーキ》みたいだ。麺麭菓子と麺麭菓子が、お互いを食べようとしている。

密林に落ちた二人は、さらに体を大きくした。相手を食い尽くすため、周囲の木々や動物を取り込み、絡み合い混じり合い、もう、どちらがどちらかわからない。

密林が二人におおいつくされるまで、さほど時間はかからなかった。


男と相棒は、水晶の塔を降りた。

文句を言う鎧の男は、背負って運んだ。塔のところどころで、夜叉族が罠にかかって死んでいた。夜叉族の数が妙に少なかったのはそういうわけか。男は納得した。

入口の見えない門番はいなくなっていた。塔の主を失って解雇されたか二人に食われたか、永遠の謎だ。

かつての密林は、舐めとった皿のように綺麗になっていた。木はない。土はない。水もない。

夜叉族の街は表面の凸凹を削り取られ、滑らかな平面になっていた。

密林にあったいくつかの塔は、倒れることなく残っていた。ずっと遠く、男と相棒が登ったあの高台が見える。樹木は一本もない。動物もいない。何もいない。

いや、誰かいる。

人の姿をしたものが立っている。

あれを見ろと相棒が言った。鎧の男は恐怖に顔を引きつらせた。それは「にゃあ」と答えた。

男は、腰帯に刺したクシュリ＝クシュナの短剣に手をやり、ため息をついた。

「なぁ教えてくれよ、俺はどうやって、お前を殺せばいいんだ？」

クニガティン・ザウムの娘は笑った。

羊歯田《しだだ》音春《ねばる》の犬と、その愛

南風《みなみかぜ》 麗魔《れま》

それほど仲の良い友だちというわけでもない。

同じ学年で家は近いけど、学校のクラスは違うし、あいつんちは金持ってるし、なにより信仰している神が違う。

神が違うってことは、しきたりや年中行事が違うってことだ。たとえ相性が良かったとしても、共有する時間の少なさがふたりを隔てるのだ。

それでもあいつは、ぼくのところにやってきた。

あいつ——羊歯田音春《しだだねばる》は、ぼくの家の窓ガラスに石を投げて、ぼくを呼んだ。

ことは、千葉市のはじっこの住宅街で、十二月三十一日の日没頃から始まる。大晦日の夜の物語だ。

＊　＊　＊

「頼むよ、一緒に来てくれよ」

「なんで？」

イヤだと言うより、疑問が先にたった。理由は明快、なぜ異教徒のぼくを、こんな時間に誘うんだ？

多くの家庭では、年越しの準備をしながら、国営放送の『赤白歌合戦』の始まりを待っている。

もっとも今年は『赤白』ではなく、『赤青』らしい。毎年組み合わせが変わるんだ。つまり今年は、火属性の神陣営と、水属性の神陣営との、歌唱と舞踏と祈祷《きとう》の戦いである。

「おまえんとこ、青組の応援しなくていいの？」

ネバルんちは、羊歯田の名が表すがごとく、水属性ＣＴＬＨ神の傍流の「したたりねばつくもの」を信仰している。水＝青組。うちは黒組だから今年は傍観する立場。

「親はテレビにかじりつくようにして見てるよ。今年こそ御本尊復活が叶うかもってさ。今から お祭り騒ぎだ。でも、でも、あんなの子供騙《だま》しじゃん」

「声が大きいよ、親に聞こえちゃう。殺されるよ。ちょっと待ってて。行く」

気は進まなかったけど、作業途中のゲームをセーブして、端末を上着のポケットに突っこんでから玄関に向かった。

「どこ行くの？　蕎麦、茹で上がるよ。『歌合戦』も始まるわよ」

母親につかまった。

「今年はうちんとこ、関係ないよね」

「我々には見届ける義務がある。今年こそ見届けるのだ。いずれかの神の復活を」

父親にもつかまった。

「すぐ戻る。すぐ戻る」

結果的に嘘になる言葉を吐いて、靴をつっかけ玄関を出た。


「ううう。寒っ」

上着の襟をかきあわせる。マフラー持ってくれば良かった。

外はすでに暗く西の空に薄っすらと茜色が残ってるだけ。予報では雪にはならないらしいけど、冷たい空気が肌をチクチク刺す。

街の下で、ネバルは寒そうに肩をすくめ、ポケットに手を突っ込んで立っていた。厚着して震えているとまるっこくて、ちょっと雪だるまのように見える。

「で、なに?」

吐いた息が白い。

「ブブチが戻ってこないんだよ」

ブブチというのは、ネバルが飼ってる犬だ。片目のところに黒いブチのあるブルテリアだが、とてつもなくブサイクなそいつをネバルは溺愛していた。

「いつ死んだの？　何回目？」

「五日前、九回目」

「じゃあだいぶん、変わってるはずだよね」

「だから心配なんだよ。いつもは三日で戻ってくるのに。今回は……。新年を一緒に迎えられないよ！」

　死んだペットを水葬すると戻ってくる。それが、ネバルんとこの宗派の儀式。水系宗派の子どもたちは誰しもが通る道らしい。

　望まれた死ではダメだ。飼い主に泣かれて旅立つ、自然死か病死か事故死でないといけない。脳が傷ついてない状態なら祈って水に流す——祷流《とうる》と呼ぶ儀式だ。すると、流したそれは七十二時間くらいで戻ってくる。死ぬ前より、ほんの少し歪《いびつ》な姿に変成して。

　死んだペットたちが流されていった先で出会って互いに混ざり合うから、姿かたちが変成するんじゃないかって言う人もいる。神の手で再構成されるんだっていう説も。

　いずれにせよ、どういうプログラムで運営されてるかが問題じゃなくて、どう楽しむかってこと。彼らは、何回祷流したか、どれだけ形態変化したかを競っている。合体育成ゲームだ。

「うちの目の前の用水路っていうか人工の川あるだろ。そこにこっそり流してたんだ。ちゃんと戻ってきてたんだぜ。今までは」

　ネバルはぼくより一回り大きな身体を、不安そうに縮こまらせた。声が震えてちいさくなっていく。

「ブブチは戻ってくるたびに大きくなってたし、で、でっぱりとか、あ、足とか、増えてたから、それでどっかに引っかかって、動けなくなってるんじゃないかと思うんだ」

ぼくが見たのは四祷流の儀式のあとくらいだったけど、すでにずいぶんブサイクだった。

毛の薄い太い首筋には引っかいたような赤い筋がエラのようにパクパクしていたし、爪が妙に伸びていたっけ。でも脳に傷が無い限り、性格は変わらないし忠誠心も持ち続けているらしい。

「逝くときに引っかかったんならいいよ。還りだったら道がわからない」

「オレだってわからないけど、行ってやらなきゃって思うんだ。ブブチが呼んでるんだ。夢に出てくるんだ。迎えに来てって」

ネバルは頬を赤く染め、まるまっちい拳を握り締めた。泣きそうな顔だ。

「夢か。はあ、夢に、出てくる、ふーん」

ぼくの適当な相槌《あいづち》に気づかないくらい、ネバルは必死だった。

「心配なんだよ。わかるだろ。行かなきゃなんだよ。でもひとりじゃ怖いから、頼むよ、一緒に来てくれよ」

これで話がまるく戻ってきた。

「なんで、ぼくが」

最初の問いを返す。

「だってだって、今日は『赤青歌合戦』じゃないか。同宗派のヤツなんて誘えないよ。オレだってこっそり抜け出して来たんだ」

納得。

「それに……」

ネバルの言葉をかき消すように、家の中から母の声が飛んだ。『蕎麦ができたわよ』ゆっくりと扉のノブが回る。

「ここじゃダメだよ。親に見つかる。つきあうから、さっさと案内して」

ちいさな子どもみたいに手を繋いで、ぼくたちは駆け出した。


羊歯田家は広い庭を持つ一戸建て。向かいの家の間にはほとんど車の通らない広い道路、その中央に用水路があった。幅は一メートルくらいか。側面は黒っぽい切石でアシンメトリに植えられた木が、水面に覆いかぶさるように枝を伸ばしていた。ちいさな公園の遊歩道みたいな川だ。

昼なら気持ちの良い散歩コースなんだろうが、陽が落ちると水面は黒くうねっているし、葉の落ちた木の枝が手招くように揺れていて不気味だ。

走ってきたせいか、体がほんのり火照っている。

「一応な、最初の場所からな」

ネバルは律儀に、ブブチを流した箇所を指差し、水の流れに沿って歩き出した。

「ブブチはさ、もう何度も祷流したから、ぶよぶよと太っちゃってさ。流れないかもと思ってたけど、水面に置いた途端すーっと流れ出したからさ。オレ、神っているのかもと思っちゃったよ」

各宗派のしきたりにどっぷり浸かってないぼくたちの世代でもやっぱり、神は身近にいたりする。

水辺には水の。木々には森の神がいる。そして、風が吹く。今日の風は冷たいけどやけに湿っていて、四方から囁くように吹いている。何かを予感させるように。

ぼくの宗派はちょっと他と違う。物体や現象ではないから感じるのはむずかしい。千の顔を持つ、神々の使者だ。

だからかな、ネバルがぼくを誘ったのは。宗派的に中立っていうか、それほど他宗派と対立してない。もちろん相性の悪いとこはあるけどね。

「あ、ちょっと待って。これだけやらせて」

ぼくは上着のポケットから端末を取り出し電源を入れる。淡くグリーンライトが手元を照らした。

「なんだよ」

「歩きながらでもできる。気にしないで」

液晶画面を見ると、マップは微妙に書き換えられ固定されていた。アバターの現在地を確認、探査モード、新たなルートが作られ始める。

「なにそれ」

ネバルが手元を覗き込んできた。

「ぼくんとこの遊び」

崇《あが》める神ごとに、違うしきたり、ゲームがある。

ネバルの宗派が、死んだペットを水葬し、戻ってくる回数を、そして戻ってきたペットの形状を競うように、ぼくのとこは端末で操作するゲームだ。最先端のVRだのARだのとは違う。レトロな専用端末で、黒い画面にドットで示されるマップを作っていく遊び。一見地味でつまらなそうに思える。

「この光ってるのが、ぼく。現在地。現実のぼくが移動するとアバターが連動して動くんだ。移動したところに空間が生まれてルートができる。いろんな条件でマップを確定していくんだよ」

「それだけ？」

「ぼくが移動しなくても、全世界にいるぼくんとこの宗派のプレイヤーが移動すれば、マップは変わるし広がっていく。他人が開拓したところを更に強固にしていって、世界を確定していくんだよ」

「それだけ？」

「世界は、微妙に現実と重なってるから、実際の知人とマップ共有することが多いね。なんとなく地形も現実に近い感じがする。でもそのままじゃないんだ。もっと複雑で、いろんな要素をはらんでる」

「こんな荒い点々が、複雑？　これが世界？」

「だからいいんだよ。ひとつの正方形の点、ドットには無限が詰まっているんだ。無限の中で、ドットが存在する＝1とするか、存在しない＝0とするか、プレイヤーの操作いかんで常にゆらいでいる。だからマップも揺らぐ。この荒い画面だからこそ、ぼくたちはそこから地形を想像し無限の可能性を見られるんだよ」

「目的はなに？」

「それを見つけるのがゲーム。いろんな解釈があるよ。世界を構築し楽しむだけっていう人もいる。すべてのドットが定着して世界が完成すると神が降臨するエンディングが見られるとかね。画面上に神の手が現われてメッセージを書き記すとか。

　ぼくはさ、神を見つけるゲームだと思ってるんだ。マップ上におかしな振る舞いをするドットや範囲があって、規則性がわからない。それを何年も追ってるんだ」

「じゃ、決まったエンディングはないわけ？」

「まあね。いちおう年末で一旦おしまい。リセットされるよ。新年からはまた新しいマップを作るんだ」

「どこが面白いのかわからない」

「ぼくだって、おまえんとこの水葬……」

「祷流だ」

「それ、よくわかんないよ」

「だって、還ってくるごとにバージョンアップしてるんだぜ、ブブチ。今回で九回目ってオレの知る限りじゃ一番なんだよ。新記録なんだよ」

「ぼくだって今回のマップは今までと違って面白いんだよ。だからブブチ捜索の手伝いはしてもいいけど、時々探査もこなす。あと数時間でリスタートしちゃうからね。まったく、今日は布団にもぐってずっと遊んでようと思ってたのに。もう時間がないんだ」

「了解。わかった。契約締結だ」

話はついた。そしてちょうど、新しくできたルートが確定した。

「よし、これでしばらくは大丈夫」

明るい液晶画面から顔を上げると、とうに住宅街は抜けて家はまばらになっていた。空は青黒く、遠景の木々と近景の家が黒く沈んでいる。歩道もアスファルトから踏み固められた土へと変わっていた。

細かった川はコンクリートで固められた直線的な用水路となり、落下防止のフェンスに囲われていた。鉄板や平らなコンクリートを渡しただけの名前もついてない橋をいくつも通り過ぎる。

いつのまにかネバルが手にしていた懐中電灯の黄色い丸い光だけが、足元と川面を交互に照らす。

「ここどこ?」

「知らん。こんなとこまで来たことない」

「川が広くなってる」

「おまえがゲームなんかやってるうちにな」

「今、何時?」

折りよく通り過ぎた民家の窓から、テレビの音が漏れ聞こえた。『歌合戦』が始まったところらしい。

「寒いよ、ネバル」

「オレもだ」

「あと、腹へった。蕎麦も食べないで出てきた」

「……オレもだ」

「それに、街灯もなくなってきたから、暗くて見えない。こんなんじゃブブチを探せないよ」

「うう……」

「なああ、懐中電灯いっこしかないの？」

「慌てて出てきたからな」

「こんな暗くて探せると思う？」

「……無理かな？」

いくらブブチを大切にしているとしても、この寒さと暗さだ。ネバルは諦めるだろうと思った。あと少し歩けば……街灯もなくなる。行く手は暗闇だ。

気を紛らわすような会話をいくつかして、ネバルを説得したら帰れる。あったかい蕎麦食べて、布団の中でゲームができる。

「なあ、なんでぼくを誘った？」

「言ったろ。同宗派のやつらなんか誘えない。『歌合戦』見てるだろうし。親が許さないだろうし。ブブチが戻ってこないなんて、弱みを見せられるかよ。それに」

ネバルは髪をゴシゴシしながら身震いし、歯の隙間から言葉を搾り出す。

「なにかあったらおまえを頼れって言ったんだよ、ガザミが」

ガザミというのは、ネバルのいとこだ。やたらと毛量の多い真っ黒の髪を真ん中分けして長く垂らした暗い印象の。なんかちょっと先のことがわかるとか、異常に勘がいいとかいう噂の。

「あいつが、ブブチを探しにいくんならおまえを誘えって言うからだ」

「寒さ対策しろって助言はもらわなかったのかよ」

体温はどんどん下がっていく。気がする。走ったときの汗が冷たく背中に貼りついているし、暗がりで流水音をだけに耳を澄ましていたら、余計に寒くなってきた。

死んだブブチは、ここを通って、どこまで流れていったんだろう。どこへ行って、どこから返ってくるんだろう。どこへ逝って、どこから還ってくるんだろう。

世界中の愛されたペットは、同じところに行くんだろうか。同じ神の元に。それとも神は、地区ごとに存在するのだろうか。

ふと、前を歩いていたネバルが足を止めた。

「どうしたの？」

応えるように、懐中電灯の灯りが行く手を照らした。

まるで橋のように、上を人が通れるよう用水路には分厚いコンクリートの蓋がされていた。橋と違うのは見える限りずっと蓋があること。蓋の上に土があること。目の前には道がなくこんもりとした丘状の公園になっていること。

「行き止まり、じゃなくてトンネル？」

身を屈めてフェンス越しに覗き込む。蓋をされた四角い空間。ただただ暗い中に、水が吸い込まれていくだけ。

「おーい」

呼んでみてももちろん返事はない。妙に反響し、声は消える。

「降りるとこないし、これ、立ち入り禁止ってやつじゃないの？」

「う、乗り越えていけばいいだろ」

「ブブチのために、未踏のダンジョンに突っこんでいく勇気はあるのか、ネバル。ランタンも食料も持たずに？　ドラゴンと戦う剣も持たずに？」

ネバルから顔をそらしたまま、できるだけ優しい声で問う。

光の丸い輪が震えた。

寒い中、歩いた。ぼくたちはもう凍えそう。視界は真っ暗。トンネルの中も真っ暗。やるだけやったからもう帰ってコタツに入って暖まろう。暖まってもいいよね、ブブチ。

そう心でつぶやいて、トンネルに背を向け、来た道に目を向けた途端。

「ひやっ！」

ネバルの背後の、道に何かがいた。黒い影。小柄なヒトくらいのサイズだが、頭には角が生え肩のあたりにコブがあり、ひも状のものが数本からみついている。円錐状の身体から足が何本もあるような影……。

「ネ、ネネネネネババババババ」

「はあ？」

ネバルの懐中電灯の光が動き、得体の知れない小山のようなそれを照らし出した。

「ひゃあああ！」

見えてなお怖い。飛び上がったぼくに、のんびりした声がかけられた。

「遅いよね。それにその反応。失礼しちゃうよね」

いたのはガザミだった。


「ここで待てば合流できると思ったんだね。うん」

抑揚の欠けた口調で羊歯田ガザミは言い、持っていたマフラーをぼくたちに渡した。相変わらず重い前髪を真ん中から分けていて、その下から伺うように見ている瞳。恐怖映画の怨霊みたいな雰囲気が不気味すぎて夜に会いたくない。

「寒かったよね。手袋も、毛糸の帽子も、カイロもあるよ」

持ってきたというより引きずってきた。引きずられたマフラーが、触手のように見えていたらしい。ちなみに頭の角に見えたのは、背負っているリュックに刺してあった二本の傘だ。

「驚かすなよガザミ。いきなり出てくるなっていっつも言ってるだろ」

ネバルは頬を膨らませて怒った顔を作りながら、それでも口調は甘えが混じっている。

「驚くのは勝手。私は普通にしてるだけ。これもね、必要だよね」

懐中電灯も手渡された。

未踏のダンジョンに光を向けると、全貌が白く照らし出される。

流れる水。コンクリートで固められた灰色の側面。天井は同じ色のカステラみたいな蓋。黒く雨の筋跡は残っているけど、不潔ではない。匂いもしない。

そして、三人で照らしても、トンネルの奥に光は見えない。

「さ、これで探検ができるね」

「さすが、ガザミ。助かったあ」

ネバルは手放しで喜んでいるが、ぼくはちょっと複雑な気分。家に帰れると思ったのに。

「足が濡れちゃうよ」

ちょっとだけ反抗してみる。

「よく見て。はじっこは高くなってるからあまり濡れずに歩けるし、ここからは幅が広がってるから水位も低いし、今はなぜか異常に水量が少ない。せいぜい足首程度」

「こんなとこ、よくブブチが流れていったな」

「流すものがあれば、水は流してくれるんだね。それに……」

ガザミはリュックに吊り下げていた袋を開けた。

「濡れると体温下がるから持ってきた。長靴」

ここまでされたらもう反対はできなくなった。おとなしく長靴を履いて、懐中電灯を持ち直す。装備がととのい、むしろテンションあがってきた。

「いろいろ用意してくれてありがとう。その荷物、ぼくが持つよ」

だが、ガザミは防水加工の大きなリュックを背負うと言った。

「見た目より軽いの。このくらい持てるよね。じゃ、行こうね」

目ざとく見つけたフェンスの切れ目から、すでにガザミは向こう側に降りていた。


「暗渠《あんきょ》っていうのね」

ガザミが独り言のようにつぶやいた声は、暗い空間にこだまする。

四角いトンネルは、一番体の大きいネバルが立って歩いても余裕くらい高く、両腕を伸ばしても左右の壁に届かないくらい幅があった。

風がない分、地上にいたときほど寒くはないが、水をかき分けている足からはどんどん体温が奪われていくのがわかる。

真っ直ぐ歩いているのに、振り返ると入口はもう見えない。身震いひとつ、遅れたぶん小走りでガザミの背に追いついた。

「さっきまでの、見えていた用水路は明渠《めいきょ》っていうの。開かれてるから開渠《かいきょ》とも。元々川や水路だったとこに蓋して、隠して見えなくなったのが暗渠。道路や公園の下には今でも水が流れてるのね」

「ガザミはこういうことに詳しいんだ」

なぜかネバルが自慢した。

「詳しくない。あんたたちが行くと思ったから調べた。えらいね」

ガザミはリュックを背負ったまま、水流の中央をザブザブ歩いていく。ネバルは一番前。懐中電灯を左右に振りながら。ぼくは一番最後。

「思ってたよりきれいなんだね。もっとゴミが浮いてたり、臭いんじゃないかって心配だったんだ」

壁沿いの一段せりあがったところを選んで歩きながら、ぼくはガザミに話しかけた。

「詰まると役に立たないから、高圧洗浄機なんかで掃除してるはず。あと、よく使われる『道』は、水が清浄してる」

「よく？　使われる？」

「この周辺は水系宗派が多いの。千葉は千波。C-city。千の波。葉が重なるようなさざなみ。東京湾に流れ込む川も、地下を通る隠された川も多い。流される、愛されたペットの数も多い」

「ペットはどこに行くの？」

「わからない。でも、水流があるってことは、行き止まりはないのね。どこかに通じている。わずかな傾斜に沿って流れていく。おそらくはこの辺ならすべて東京湾に」

「ブブチも東京湾にいるのかなあ」

前方からネバルの声。

「だってさあ、こんなきれいな、水が守ってくれている水路のどっかに引っかかってるなんて、考えられないよ。行きがずっと下り坂なら帰りは上りだ。きっと流れに逆らって上るのに疲れちゃったんだ」

「ねえ、ブブチは今、どのくらいの大きさなの？」

「うーん。大型犬くらいかな？　かろうじて抱っこできるサイズ。だけどぐにょぐにょしちゃってるから、抱っこは難しいかもな」

「水路に引っかかってたらぼくでもわかるかな？　つまり、ゴミと間違えたりしないかな？」

「あんな大きなゴミがあるならね。でもゴミが集まって固まったものには、見えなくもないかもだ」

「それは困った」

「オレは見ればわかるよ。今回の変成でうんと変わっちゃってたって、オレは絶対わかるけどね」

「じゃ、見つけるのは任せるよ」

「それに鳴くよ。まだ声帯は残ってる。滅多に吠えないけど、甘え鳴きはかわいいよ。くうぅーんって鳴くんだ」

「甘え鳴きじゃ近くまで寄らないと聞こえないよね」

「そだな」

ネバルは黙った。そして微妙に足音をひそめた。

それからしばらくは無言で歩き続けた。

水を掻き分ける音と呼吸音だけが三人分。

ぼくはブブチのことを考えていた。こうやって左右に目をやりながら歩いているけれど、果たして変成を重ねた今のブブチをぼくは認識できるだろうか、と。

「おなか空いたよね。休もうね」

言ったのはガザミだった。

確かに水に浸かりっぱなしの足先は感覚が無いくらい冷たいし、ふくらはぎがこわばっている。

流れが蛇行しているところに、一段高くなったコンクリートブロックがあり、ぼくらを休憩に誘っていた。汚れもなく乾いている。

「わあ、棒みたい、ガッチガチだ」

ネバルは長靴を脱いで足を伸ばしはじめる。

「体力使ってる。意外と汗かいてるはずだから、飲んで」

巨大なリュックからガザミがスポーツドリンクを差し出した。

ありがたく受け取って口をつける。でも温かい飲み物の方がいいなあ。身体は冷え切っていた。

「大丈夫。これもある」

次々と取り出されるもの。スタッキングされたプラスチックカップ、お湯の入った魔法瓶。魔法のように湯気を立てながらスープが注がれた。

「わあ、すごいよガザミ。さすがだ」

ネバルの何度目かの賞賛。

「あんぱんとジャムぱんとクリームぱん。好きなの選んで。さすがの私も蕎麦は持ってこられなかった」

「いや、助かります。いただきます」

あまりの準備の良さに丁寧語になっちゃうぼく。

「でさ、今どのあたりまで来てるのかなあ」

もぐもぐしながらネバルは天井を仰ぎ見た。

「って言ったって、ブブチが見つかるゴールがわかんないから、現在地が判明したって意味ないんだけどさ」

ガザミはリュックのポケットから出した紙を広げた。書き込みのある古い地図だった。

指差したのはマーカーで引かれた赤いライン。羊歯田家から出て東京湾に抜けている。最初は地図上の道に沿って。やがて公園の中央を突っ切り、人工的な直線と鈍角で曲がりくねりながら。

「多分この道が正しいと思うのね。私の勘だけど。でも東京湾まで出ちゃったらもうわからない。私たちが行ける場所じゃないかもしれない」

「海まで行っちゃったのかな、ブブチ」

「海底の可能性はあるよね。アレが海底で眠っているという伝説が正しいのであれば」

アレというのは、羊歯田家が信仰している神の大元のやつだ。直接の名前を呼ぶのは憚《はばか》られるので、アレとかソレとかＣＴＬＨとか呼ばれている。

ちなみに、ぼくのとこの神はＮだ。短くていい。

「でも、七十二時間で変成して戻ってこられる距離だとそんなに遠くないはずなの。変成にどれだけ時間がかかるかは不明だけど、一瞬でパッと外見が変わって、パチッて目覚めるわけないでしょ」

想像したらおかしくなってきた。流れていった先にはマッドサイエンティストの蘇生ボックスがあって、一瞬でことが終わる。それなら水に流すなんて風情あるしきたりはいらない。郵送で済ませたほうがいい。

「それにね、東京湾はアレの眷属が潜んでられるほど深くない。伝説の『途切れなく続く眠り館』があるとすれば、もっと深いところ、房総半島から太平洋に出るあたりまでいかなきゃなの。遠すぎる。だとすると暗渠の中に潜んでいるか……」

その時水面にさざなみが立った。水流に逆らって側面に打ちつける。

座っている場所が、壁が、天井が、重い響きと共に揺れはじめた。地震だ。

逃げるところはない。ぼくは頭を抱えてうずくまるだけ。

やばい怖いやばい怖い、こんなとこで死にたくない。死んで流されてもぼくは異教徒だから還れない……ぼくは無意識につぶやいていた。

だが揺れはすぐに収まった。水も元の安定した流れに戻る。

「揺れたね……怖かったよね」

少しも恐怖を滲《にじ》ませない口調でガザミが言い、身を起こした。

「最近多いよな」

「いや、多いとかじゃなくて。ここで大地震が来たらぼくたち潰されちゃうよ」

「じゃ、戻るのか？　今更？」

「う……」

もう数時間は歩いているはず。もしかしたら戻るより進むほうが……と思いつつ、生き埋めになる可能性に震えが止まらない。

「年末に地震が来るときさ、親が騒ぐよなあ」

「うん。うちも。とうとうアレが上がってくるって言ってるよね。『途切れなく続く眠り館』……『縷々家』だっけ？」

「今年は『赤青』じゃん。しかも青組の大トリって、あのなんだっけ？　すんごい派手な衣装で出場するラスボスみたいな歌手。脂が乗り切ってるから今年こそ神復活かも！　だってさ。あ、ラジオ持ってる？」

「ある」

ガザミのリュックからは何でもでてくるらしい。ポータブルラジオが取り出された。

「電波ってトンネル内でも入ったっけ？」

「うーん、地震情報はどこもやってないよね。むしろ……あ『歌合戦』だ」

ガザミがダイヤルを微妙に調整すると、人気のアイドルグループの歌声がかろうじて聞こえてきた。青い海で青春を謳歌《おうか》する恋人たちの歌だ。今年のヒット曲。

「まだ前半戦だな」

「そいえば赤組、今回はシブヤ中心にかがり火で魔方陣作ってるんだって。最後の歌手の歌い始めから年越しで花火打ち上げて、神を歓迎するって言ってるね」

「あーあ、オトナってなんであんなに夢見がちなのかな。神の顕現なんてあるわけないじゃん」

「一年に一度くらい楽しみたいのね。私たちみたいなゲームがないから」

「だよなー。ペット育成のが面白いよな」

地震が怖くて黙っているぼくを少しは気遣って欲しい。と思いつつ、ふたりの会話を聞いてたら落ち着いてきたし、ぼくのゲームも気になってきた。

　端末の電源を入れる。

「進んでるんか？」

　ラジオを切ったガザミとネバルが手元を覗き込んできた。

「うん。いくつか新しいルートが確定してる。今年はマップがクリアで安定してるからできがいいんだと思うな」

　でも画面左上が大きく揺らいでいるから、探査を飛ばす。これは自分は動かないけど、そのあたりが気になっているよと意識する感じ。実際の移動がなくとも、多くのプレイヤーが意識を向けることによってマップは安定する。

「私にはあなたたちのゲームはわからないんだけど、よくルートって言葉を使うわよね。ルートは道、でしょ。でも画面を見ると、根のようにも見えるのね。無数に広がっていってる。地下の根」

「たしかに」

「見えない根を探してるみたい。見えない暗渠を辿《たど》るように」

　画面上の一箇所がまたたいた。

「関係ないけど、黄泉の国のことを根の国とも言うのよね。死者が行くところ。そして還ってくることもある……」

また、またたいた。ドットが不安定になっている。０と１の間の割合が激しく揺らいでいる。

「あれ？　なんか変。新しい要素が加わった時はよく、こんなふうにマップが揺れ続けるときがあるけど、終盤のド年末でこれは……」

「新しい、なんだ？」

「例えば急激にプレイヤーが増えたときとか、誰もが手をつけてない領域に探査が入ったときとかだよ。任意の一箇所が急激に確定されると、波紋みたいに影響が広がって不安定な領域が妙な状態になるんだ」

「よくわかんないな、オレには」

「ぼくもわかんない。しばらく待てば落ち着くはずなんだけど」

ゆるく波打つように変化し続けるマップを見ていたら、酔いそうになった。しばらく放っておこう。待つのも大事。これはそういうゲーム。

会話の切れ目でネバルは立ち上がった。

「じゃあ現実のダンジョン探索を続けようか」

とはいえ、そこから先に何か目新しいことが待ち構えているわけでもない。

ぼくたちは暗闇の中をじゃぶじゃぶと歩き続けた。

時々誰かが喋って、それに返事して、沈黙。その繰り返し。

「ブブチはいい犬なんだ。そりゃ見た目はずいぶん変わったよ。子犬のころは片目の周り一箇所しかなかった黒ブチは、今では全身にぶちぶちしてるし。だけどやっぱり何度戻って来ても、性格がいいんだ。オレに懐いてるし……」

「ブルテリアって、体育座りしてたらおっさんみたいだよね」

「ちいさなかわいいおっさんだよ。今はヒゲも太く伸びてきて、もっとおっさんぽいかもだ。ていうかじいさん、なのかなあ」

ネバルは独り言みたいに続けた。

「戻ってくるごとに寿命が縮むんだ。オレが生まれてすぐにもらってきて、最初は六年飼った。寿命じゃなかったんだ。病気で死んだ。オレも六歳だった。泣きながら流したよ。次は三年後、次は一年ちょっと。今年なんかは二回目だ。七十二時間で戻ってくるとはいえ、何度も死なれるの、つらい」

「ぼくが会ったときは元気そうだったけど」

「言わなかったんだけど。最近はもう歩けないくらいだったんだ。体力がないっていうより骨格が変わっちゃって歩き方を忘れたみたいだった。指なんかすごい伸びちゃってるし、背中にコブができちゃって今にもはちきれそうだしさ。口の中も変形してるからごはんだって食べられない。弱ってて……。

　だから予感はしてたんだ。もう戻りたくても歩けないから、戻ってこられないんじゃないかってさ。ごめん」

「いいよ。ぼくだってヒマだったしね。ブブチ、可愛かったし」

　ちいさく、ありがと、と聞こえた気がした。

　また、だんまり歩き続ける。

「ねえ、ガザミは飼ってないの？　ペット」

「いる。カメ飼ってる。覚えてないくらい小さい頃に、縁日で買ってもらったの」

「死んだら流す？　何回目？」

「カメって、なかなか死なないんだ……事故にも遭わないし」

　笑っちゃいけないけど、ちょっと顔に出てしまった。

「私だって、ゲームに加わりたいのに」

　ほんのわずかに、口調が変わった。

「ごめんごめん。でも生きてるほうがいいよ。さっきネバルも言ってたじゃん。何度死なれても慣れないんだよ。つらいよって」

「そういうことにしておくね」

　また、会話が途切れ、水を掻き分ける音だけがザブザブと響く。

水路はまた、幅を広げていた。下流になるほど水量は増えるはずなのに、相変わらず足首程度しかない。ゆるく流れている。

「オトナたち、楽しみがないって話、さっきしたね」

今度はガザミが口を開いた。

「私たちの親世代はまだおとなしい方なのよ。年末の『歌合戦』を最大の祭りとしてる程度だもの。あのね、昭和の最初の頃に水系信仰の政党が実権を握った時代があったのね。彼ら、何をしたと思う？」

「クイズかよ」

ネバルの声がヤジみたいにとんだ。

「あのね。利根川——群馬県から埼玉を通って茨城と千葉の県境から太平洋に注ぐ日本最大級の川。昭和初期、利根川が氾濫したときに、川を分岐させて水を東京湾に逃がそうという計画があったの。今歩いてるような暗渠作って。結局いろんなことがあって、この計画は中止になったんだけど……暴れる利根川の水を逃がすための水路だなんて、嘘なのね。ほんとは、何をしようとしてたかわかる？」

「だから、クイズはいいよ。話せよ」

「東京湾でアレが復活した時のためにルートを作ろうとしてたのよ。国の金で」

ルートを作る、という言葉が、ぼくの胸に爪を立てた。

「年末の祭典で目覚めさせるだけじゃ物足りなかったのね。目覚めたアレを、地下水路を通って利根川に導き、さらに遡《さかのぼ》らせて首都圏全体を支配しようという夢を見ていたの」

「うへえ。オトナって」

「神々は夢で人間を操るって言うよね。壮大な夢を見させて着々と準備を進めているのね」

「夢かあ、そいえばブブチも夢に出てきたよ。早く迎えに来いってさ」

「もうひとつ、嘘か本当かわからない話があるのね。これは利根川からの放水路計画のずっとあとだけど。あなたたち、今、利根川水系の上流にダムがいくつあるか知ってる？」

もうぼくたちは返事もしない。ただ先をうながすだけ。

「九つよ。これで首都圏の水をコントロールしているの。それだけでないのは、わかるわよね。アレが復活したら意味を持ち始める。ダムは力を増幅させるコンクリートの巨大装置。学校で見学に行ったとき思ったの。こんな小さいひ弱な人間が、よくもまあこんな巨大建造物を作ったなって」

「水を堰《せ》きとめてるんだから、敵方の力なんじゃないのか？」

「止めてるんじゃないの。コントロールしてるのよ。来るべき時に向けて。と、過去のオトナたちは夢見ていたのね」

「どうやって使うんだよ」

「貯めてある水を一気に全部放流したらどうなると思うの？　下流河川は急激に増水して氾濫

……つまりは関東平野水浸しって思えばいいのね。一瞬で水の眷属が自由に動き回れるユートピアになるの。膨大な時間と金と人を費やしたこれらに比べたら、今年の火陣営のかがり火で魔方陣なんて、中学生の文化祭みたいなものよね」

ガザミは鼻をふんと鳴らした。

「うへえ。おええ。親たちってそれを望んでるのかよ。バカかよ」

「自分の信仰している神の復活だもの。自分たちだけは生き残ると思ってるわよ」

「神を信じているの？　ガザミ」

ぼくは口を挟んだ。

「さあ、どうだろう。すでに私たちの日常に影響を及ぼしている時点で、存在しているとも考えられるけど。実体を持ったアレが世界に現われて支配するって言われても、よくわかんない。どうでもいい感じもするよね」

「ネバルは信じてる？」

「オレはブブチが戻って来てくれるだけでいいよ」

「復活したら、どうなるんだろうな」

「信仰に関らず、人間なんて奴隷にされるか食われるかだと思うね、オレは。親たちって、そのへん考えてないよな」

「信じてないからこそ、あんな祭りに入れ込めるのかもな」

結局のところ、親って……という愚痴めいたところで話は終わり、ぼくたちはまた黙々と歩き続けた。


「なあ」

先頭を行くネバルが振り向いた。

「なんとなくだけど。水が濁ってきてないか?」

それはうっすらと感じていた。疲れているせいかとも思ったけど、明らかに足が重い。ねばったものがからみついているような気もする。

「水位も下がっているね。幅が広がってるせいもあるかもだけど」

足元は所々に奇妙なものが浮いていた。クラゲみたいに半透明で、ゼリー状で、手足のない生き物の死骸みたいな。

「気持ち悪いな」

ネバルが蹴り上げたなにかは、壁に当たってべしゃっとつぶれた。

光の輪から逸れる一瞬、それに手足があったように見えた。それも歪にたくさん。

「ちょっとにおいもする。なんか臭いよね」

成りそこないの生命体。そんな言葉が脳裏を過ぎる。流されたのに目的地にたどりつけなかったものたち。変成したけど飼い主の元に戻れなかったペット。淘汰される、行き止まりの分岐。

汚れた壁から天井に光を向けようとしてバランスを崩し、ふらついた。

「おっと」

「あ……今、揺れた」

「また地震かよ」

「ほんの少しだね」

「正直に言うとぼく、地震が怖いんだけど」

「私もよ。でも歩いた距離からすると多分出口の方が近い。と言えば安心して進める？」

うなづいた。

「それに、出口の前に……」

また揺れた。

「うわあああ」

気づくとぼくは走っていた。踵《きびす》を返し、元来たほうへと。光のある、新鮮な空気のある場所へ。ネバルとガザミが呼びながら追いかけてくるけど、自分の意思では止まれない。すごく熱いものが腹からせりあがってきて、逃げなきゃ、ここから離れなきゃって伝令を送っていた。

足元の粘《ねば》つくものを蹴散らしながら走った。が、何かに足をとられ膝をついて転がった。

「や、痛ッ」

「大丈夫か！」

追いついたネバルが、ぼくの肩に手をかける。重みが優しい。

「う……痛いよ。もう、帰りたい」

途端、自分の口から情けない声が漏れた。格好悪いけど止められない。

転んだままだから、水がどんどんズボンや上着の袖に染みてくる。水についた手に何かぬるっとしたものが触れた。

「やだ。なんか、いるよ！」

「ゴミだと思うといいよね」

あがった息を整えながら、慰めにならないことをガザミは言う。

でもぼくは見てしまう。手のひらほどの大きさのナメクジじみたものが、するっとぼくの手首をすり抜けていったのを。

息を呑む。首筋が脈打ち、耳がキーンとした。

突然気づいた。ぼくは地震が怖いんじゃない。もちろん地震もそれによる倒壊や生き埋めも怖い。だけどもっと怖いのは。この先にいる何かだ。

ブブチを探すという目的で歩いてきた。ブブチは水路の途中で動けなくなっているのではないかと、そう思っていた。ネバルはぼくにそう言い続けていた。

だけど本当の目的地は水路の途中じゃなくて、きっとブブチが変成する場所。アレがいるところ。神のいるところ。

ぼくたちはゲームだと思っている。ペットとその死を利用した、神に繋がるゲーム。神を感じるだけのゲーム。

オトナたちと同じように、都合の良いところだけを楽しむ祭りのように。だけど……。

粘った水面がまた不規則に泡立ち、地面が揺れた。

「地鳴り？」

耳が痛い。頭を抱え、うずくまる。

このまま進めばアレに行き着いてしまう。ブブチが、すべての愛されたペットが息を吹き返す場所に。神の在り処に。それが、震えが止まらなくなるほど怖かったんだ。

「行きたくない。これ以上進みたくない。気づいているんだろう？　ネバル、ガザミ。ぼくたちがどこに向かっているのかって」

返事はない。

突然、上着のポケットから警告音が鳴った。ゲームの端末だ。こんな時に、とも思うがクセで取り出し、画面に目をやる。画面が揺れていた。マップが揺れていた。ぼくが辿ってきた道が見たこともないような勢いで点滅し消えていく。崩壊していく。崩壊がアバターを飲み込もうとする。

異変を伝えようと顔を上げると、ふたりは元来たほうへ灯りを向けたまま、彫像のように固まっていた。遠くを見つめている。その目が見開かれ、白目が光る。

「なにを見てるんだよ？」

「しっ、黙って」

ガザミは耳を澄ませるように顔を傾けた。

「聞こえる。こっちにくる、くる、くる」

その時にはもうぼくにもわかっていた。暗渠全体が震え、重い響きと共に、見えたときにはすでに遅い。ぼくたちは空間いっぱいに押し寄せてきた水の塊に、暴力的に押し流されていた。


刹那にして永遠の暗闇。真空に浮いてぼくは宇宙を見ていた。星の誕生から膨張、爆発までを。見て、一瞬で、目覚めた。


そこはほのかに明るく、温かかった。ずぶ濡れでも寒さを感じないくらいに。そして風が吹いていた。生温い風を妙に定期的に頬に感じていた。薄ぼんやりとしか見えてない目をこすり、何度もまばたきをする。

あたりは青く照らされていた。光源はわからない。いろんな場所がちらちらを光を発している。

暗渠からは抜け出たのか、コンクリートの直線は消え、圧迫感はない。

「ここ、どこ」

ぼくの声は、何に反射したのか奇妙に響き、吸い込まれるように消える。

顔を上げる。そこはとてつもなく広い空間だった。今まで狭いところにいたから、錯覚を起こしているのかもしれないが、いや、天井が見えないほど高い。奥の壁が見えないほど広い。

そして等間隔に円柱が並んでいる。その柱が太い。飾り気のない灰色の柱。だがこれは……。

「……神殿」

すぐ横でネバルがつぶやいた。

そうだ。光源が定かでない薄青い光に浮き上がった、モダンな静寂の神殿。

「違う、でもそうかも。この作りは、調圧水槽、水を貯めておく巨大な地下水層、いわゆる地下神殿。でも違う。こんな場所にあるのはありえないのね」

ガザミは立ち上がり周囲を見回した。

「長いこと使われてないのね。きっと。作られたまま捨てられたんだね」

「なんだか、ぐっすり眠ってたみたいだ。夢も見ないで。子守唄を聞いてたみたい。鼓動もずっと聞こえてた」

ぼやけた口調でネバルは体を起こし、腕を振り上げて伸びをした。

「のん気だな」

「生きてるし、どこも痛くないし」

「流されたんだね」

ガザミが言った。

「鉄砲水っていうのかな、大量の水が一度に流れ込むほどの何かが、上流であったのね。どこも痛くないのは奇跡」

「ここの地面ふかふかしてるんだよ。それで助かった」

たしかに地面は海綿状の物体に覆われていた。

「ここがどこかはわからない。地図にもこんな空間は存在しない。もっとも、地下って地図に書かれてない空間や通路がたくさんあるんだけど。暗渠が分岐していなければ、多分ここが私たちが目指していた終点のはずなのね」

「じゃあここにブブチはいるんだ」

ネバルは弾かれたように立ちあがった。

「懐中電灯は流されちゃったんだな、くそ。なんかぼんやりしてよく見えない」

ぼくもつられて立ち上がる。目をこらす。

「ブブチ……、ブブチ、ブブチ」

ネバルの声。最初は探るように呼ぶ。

生温い風が「ブブチ……、ブブチ、ブブチ」と返ってくる。

「いるよね、ブブチ」

いるはずだった。静かだったが気配があった。ここには、なにか生き物の気配があった。見えない生き物の。そして応えがあった。

「あ、ブブチの声、聞こえただろ?」

聞こえた。くぅぅーんという、犬の甘え鳴きがした。どこからか?

ネバルはやわらかな地面を踏みしめながら、円を描くように歩き出す。ブブチの名を呼び続ける。

ガザミが下ろしたリュックからごっつい黒い塊を引っ張り出した。

「こんなこともあろうかと、屋外撮影用のすんごい明るい照明持ってきた。えらいね」

一瞬であたりが明るくなった。

「これで見えるよね。天井までだって」

白い光が、青い燐光を追い払う。思ったよりずっと高いところに天井があった。天井からは鍾乳石みたいに、円錐状のものが垂れ下がっている。鍾乳石と違うのはそれが風にゆるく動いているということだ。

風……この閉ざされた空間で、どこから吹いてくるんだろう。吐息のように規則正しい生温かい風。

「ブブチ……いるならもう一回鳴いて、ブブチ」

ぼくたちはそろそろと歩く。わずかに青みが濃く光っている一角へと。

「ブブチ……」

その時、光が捉えた。

それは黒い毛でできた斑点だった。数メートル上から、ぼくたちを見下ろしていたのは、つり上がり気味の細い目。ブブチの、ブルテリアの目だ。くびれのないマズルの先には太い管状の毛が幾本も垂れ下がり常に何かを食べているようにうごめいている。首は極度に膨張し、色を変え、ぬめった小山のような体に繋がっていた。その境界のあたりに革の首輪が食い込んでいるのが不釣合いで異様だった。

「ブブチ……?」

くうぅーんと、それが鳴いた。

「なんだそんなところにいたのか、高いトコに登ったんだなあ、帰ろう、ブブチ」

ネバルは手を伸ばす。首が降りてきて、ネバルの指先を舐めた。舌はない。口元を覆う触手のような毛で触れた。

「あー、今回はまた、ずいぶんでかくなったなあ。そおか、大きくなりすぎたから、引っかかって戻れなくなったんだな」

くうぅーん。ブブチが鳴くと、壁が震えた。風が吹いた。生温い風はブブチの吐息だ。

「ネバル。ブブチはもう帰れないの。そうだよね」

ガザミがひとりと一匹の顔を交互に見つつ諭《さと》すように言った。

「帰れないの。ブブチは最後の変成中なの」

「そんなことないよな。帰るよな」

「こんなことだろうとは思っていたのね。想像してたのね。水のゲーム。死んだペットが還ってるゲーム。還ってくるたびに何の血が混ざるの？　最後はどこまで変わっていくの？　何になろうとしてるの？」

ガザミは手を伸ばし、言った。

「お手」

ぼくのすぐ脇の、ゼリー状の地面がうごめき、長い指と爪を持った手が現われた。手は空をかき、ガザミの仰向けた手に重なるように置かれた。

「意識はまだあるのね。ネバルがいるから、向こう側に行けないのね」

ぼくは自分の手を見た。握りしめた端末が警告音と共に光ってた。懐中電灯は手放したのに、これだけは握っていた。

壊れたのか、液晶画面の中央はぽっかりと色が抜けている。と思ったら、見間違いだ。ルートが絡み合いすぎてコブ状になっているのだった。

そしてドットが示していた。『ある』と。『存在する』と。『1』と。『1』がじわじわと勢力範囲を広げていた。

「なあ、ブブチ。おまえは帰りたくないのか？」

ネバルが問う。

ブブチは、くうぅぅーんと鳴く。

ぼくの手の中の端末にメッセージが表示される。『カエリタイ』

ガザミがぼくの手元を覗き込む。

「帰りたいって言ってるのね」

『デモ……』

「……でも、九回も、生き返った。これで最後。あがり。ゲームのエンディング。最後の意識を手放せば、神に『成る』……そういうこと？　ブブチ。あなたはアレになるの？」

神は人に夢を見させ、その存在の濃さを増していく。それは愛によってなされる。人類の大多数の共通の幻想として顕現する神。同時に。

「……同時に、個人の力も必要。ウツワを作る。ウツワを育てる。それが出来上がる。今日……」

ガザミはもう画面を見ていない。直立不動で中空を見つめたまま、ただの受信機となったように、ブブチのメッセージを伝えていた。

「……だから還れない。何度も挑戦してる。どんな姿になっても愛してくれて、大晦日に捜しに来てくれる飼い主に出会えるまで、何度も繰り返した。飼い主が来てくれるまで……」

「迎えに来てやったろ！」

ネバルは叫んだ。

返答のように、ブブチの息が荒くなる。生温い風が舞った。

『カエラナクテイイト……』

「……還らなくていいと、言って。そしたら、神に成れる。次の次元に行ける。ペットとして成長した。飼い主は絶対。だから必要。飼い主の、解放の言葉。命令。それで、神に成る……」

手元の画面が単一の色に塗りつぶされていく。正しいルートを通した今、ブラックホールのようにすべてを飲み込もうとしている。

ゲームが終わろうとしていた。

ブブチのメッセージも途切れ途切れになってきた。

空間の青みが増し星のようにきらめく。誘うように点滅する。

『ネガッテ……』

「……願って。飼い主の最後の願いが、最後の欠片。世界の完成。神を復活させる。再びこの地に。水門をひらき、我が眷属を……」

「ブブチ、おまえがまだブブチなら尋ねる。神になってもまだおまえはオレの犬なのか？」

『チガウ』

「オレが呼べばついてくるか？　オレの手からエサを食べる？　ハウスって言えば犬小屋に戻るか？　抱けばあったかいか？」

『チガウ』

「……ちがう。上の次元にいく。この意識は消える。ああ、地上から歌が聞こえる。呼ぶ声がする。讃える声が。肉体はすでに出来上がっている……」

破裂音と共に、ぶわっと風が起こった。

ブブチの、ブチのある目のうしろ、背中らしき場所が二箇所弾け、中から翼竜の翼が現われた。青い空間いっぱいに広がる。

「……飼い主が、最後の鎖。契約の鎖。この首輪が外されれば、飛んでいける。上へ……」

「じゃあいやだ！」

平坦な祈祷のようなガザミの声を、ネバルは遮った。

「いやだ。ブブチはオレのペットだもん。生まれたときから一緒だ。何度死んでも一緒なんだ。一緒に帰るんだ」

「……神に……」

「そんなのいらない。オレはブブチにいてほしいんだもん」

「……成れない。また、成れない……」

翼はたたまれ床に落ちた。

そこだけが意志を残したブブチの片目がしばたいた。

くうぅーんと鳴いた。

首が、首だけが降りてくると、ネバルはポケットからリードを取り出して、首輪に繋げた。

「さあ、家に帰ろうな」

その途端。轟音と共に地面が競り上がった。ぼくたちの体は宙に跳ね、高く飛び、ふかふかな丸天井を突き抜け更に高く、黒い夜空に投げ出された。


後日、ネバルが言うことには、『ブブチが最後の力を振り絞って』『翼を広げて』、ぼくたちの落下を防ぎ地上に下ろしてくれたらしい。

ただその時はわけがわからないまま、気がついたら地上に立っていた。ぼくとガザミと、ブブチを抱いたネバルと。

ぶくぶくに巨大だったブブチは水分が抜けたせいかしわしわで、大型犬くらいのサイズになっていた。いたるところが変形してるから犬には見えなかったけれど。

東京湾岸の公園には年越しを祝う人たちが集っていた。やぐらが立って輪になって踊っている。屋台も出ている。沼地に急に水柱が立ってぼくたちが現われても、誰も騒いだりなんかしなかった。

むしろ人の目は公園のはじっこに向けられている。どうやら、シブヤを中心に配置されていた花火のいくつかが、この辺で誤爆したらしい。火の粉を上げて燃えていて、救急車も来ていた。サイレンの音がけたたましい。でも集まってる人たちにとっては些細な見世物程度。

「今年は絶対青が勝つはずだったのにね」

そばにいたグループがサイレンに負けじと大声で会話している。

「うちなんか勝つつもりで大騒ぎだったのよ。どうせ負けても騒ぐんだけど」

「大トリで、装置が動かなかったのが敗因でしょ。あの超巨大衣装。今年はタコみたいな足に電飾つけてうねうねする予定だったのが、どこかで引っかかったんだって」

「それさえ完璧なら、神復活も夢じゃなかったかもだよ」

「赤、盛り返したけど、魔方陣が完成しなかったし、失敗ね」

「よく燃えてるなあ」

燃え盛る火を消す勢いで、突然雨が降り出した。

「ふふ。ここでも戦ってるのね」

ガザミがつぶやく。横顔が笑っている。初めて笑ってるの見た。

「どうしたの。なにかあった？」

「いや、なんでもないデス」

「ああそうだ、こんなこともあろうかと」

ガザミはリュックに刺してあった傘を抜いた。

「使って」

全身濡れてるし、むしろ雨で流した方がいいのでは？　と思いつつ、素直に受け取り開いた。

「全身濡れてるのになんで傘さすんだよ、そればっかりはおかしいよ。オレはブブチと濡れて帰るぜ」

ネバルの言葉にガザミは平然と返した。

「そう言うと思って傘は二本しか持って来てません。えらいね、私」

ポン、間の抜けた音がして、雨空に花火が上がった。ふたつ、みっつ、立て続けに。

雨降る中、落ちてくる水に逆らうように火が上がり、咲く。まるで歌合戦フィナーレを飾るように。

「まだ残ってたんだ」

周囲で歓声が上がる。そして。

「おめでとう」

「新年、おめでとう」

すれ違う人たちが声を掛け合っている。

年が開けたのだ。

「新年おめでとう」

「今年もよろしく」

「今年こそ神を」

「この地に神を！」

＊　＊　＊

さて、これがぼくと羊歯田音春との物語だ。いや、ネバルと愛犬ブブチの物語だ。

記すことはもう少ししか残っていない。

ひとつめは、ぼくのゲームについてだ。

地下から吹き飛ばされた瞬間、ぼくの手の中で画面は真っ白になった。『〇』だ。積み重ねてきたデータは最後に一斉に『無』へと傾き、確定した。そういうエンディングだった。

新年になると新しいマップに新しいアバターが現われた。何事もなかったかのようにリスタート。だけどどういうわけかぼくはもう、ゲームに興味がなくなってしまった。勉強が忙しくなってきたとか、宗教の壁を越えてガザミと遊ぶようになったとか、いろんな理由がつけられる。

だけどガザミは言う。

「あなたにはもうゲームは必要なくなったから。神の、すごくすごく近くに行ったから、もう探す必要はないのね」

そしてぼくは、すこしだけオトナに優しくなった気がする。

考えてみれば、オトナはかつて子どもだったのだ。ぼくのような、ネバルのような。彼らも、端末でルートを探り拓《ひら》き、世界を確定するゲームに夢中になってたこともあるだろう。形は違うけど、似たようなゲームで遊んでいたはずだ。

そして何かに触れて、大きくなった。信じているようで信じていないようで信じてる。毎年繰り返す、本気の遊びの祭典。歌唱と舞踏と祈祷の。

ちょっとだけ想像してみる。

火の魔方陣はわざと一端が誤爆するように仕組まれていたのではないだろうか。歌合戦の超巨大な電気仕掛けで動く衣装の故障は、仕組まれていたんじゃないかって。だって、完璧にやったら神が復活しちゃう。神が復活したら人間は生贄にされるとかの噂が怖いわけじゃないけど、ちょっとは怖い。だからギリギリで止める。ぼくたちはずっと遊んでいたい子どもだから、終わらせたくないよね。

だとしたら、夢に操られているのはぼくたちだろうか。それとも?

そして最後は、ネバルとブブチのその後だ。

ブブチはしわくちゃの翼竜の翼を生やしたまま、まだ生きている。もうおじいちゃんだから散歩にもいかないし、ずっと眠っているんだって。あんまり眠っている時間が長いから、また死んだんじゃないかってネバルは不安がるけど、ものすごくゆっくりと呼吸してるから、ただ眠っているだけ。深く眠っているだけ。
たまに、甘え鳴きをする。

ウルタールのアルハザード

新熊　昇

白く薄いウールのカーテンを揺らせて、大きめの窓から優しい風が吹いてくる。遠くのほうから羊たちの声がかすかに聞こえてくる。騒騒しい音を立て続けるからくりも、ここにはない。ラヴェ・ケラフはこの世界がとても気に入っていた。

丘の上のバステト神の神殿の俸給《ほうきゅう》は多くはなく、キャベツなどの農作物は住民の御供えの下がり物がほとんどである。書斎は狭くはないもののこじんまりしていて質素。本棚は大きくはなく、本も充分に揃っているとは言い難かったものの、気に入った書籍ばかりで埋まっていた。家にないものは丘の上の石造りの神殿の図書館にある「ナコト写本」や「フサンの謎の七書」といったよほどの禁書でもない限り非番の時間に自由に読むことが出来た。

机も小さかったけれど、書き物や手紙の返事を書くのにはちょうど良い。椅子は軽く揺れる揺り椅子。机の下にも数冊の本。ここ「幻夢境《ドリームランド》」のすべてについては神官の自分もおぼろげにしか知らないものの、その気になれば何とでもなるだろう。少なくともここウルタールの住み心地は、いまのところ文句の付けようがなかった。

いろいろな種類の大小たくさんの猫たち。ちょっと散歩すれば顔なじみの猫たちに会うことができる。頭や背中を撫でたりすると、猫もすり寄ってくる。小さな干し肉を持ち歩いてあげることもできる。安心して目を閉じる猫もいる。中には子猫を連れている母猫もいる。これから母親になる猫もいた。

さらに、ことさら外に出かけなくても、猫たちは開いた窓やカーテンや半開きのドアの隙間から自由に出入りした。

彼らは「ウルタールでは決して猫をいじめたり傷付けたりしてはいけない」という独自の掟とともに、地域の宝物たちだった。

と、カーテンの向こうに小さな獣の影が見えた。見覚えのない影であるにも関わらず、どことなく記憶にある影のような気もする。

もしかしたら小さな子供のころに仲が良かった猫と重なっているのかも知れない。

懐かしくて少し甘酸っぱい楽しい思い出……。ラヴェ・ケラフはその黒猫——名前までは思い出せない——に、いま一度会いたくて仕方がなかった。会って膝の上で抱きしめて撫でたかった。

（良く似た猫でも構わない）とも思った。

窓際に駆け寄ってカーテンを開いてみると、見慣れた、ありふれた草木の庭には、いつもの猫たちがそれぞれのお気に入りの場所に点点といて、きょとんとこちらを見つめ返している。

寄ってきて窓から入ってきた猫もいた。

部屋の隅のあちこちに置かれたボウルには千切ったばかりの干し肉が満たされている。猫たちはひもじい思いをしたことがないので、がつがつと食べる子はいない。みんな少しずつ食べては帰っていくのだった。

ただ、通りの彼方、これまた見慣れない大きな人影がチラリと見えた。この近隣の住民ではない。まるでレスリングの選手のような、毎日意識して身体を鍛えている感じの男の影だった。若い友人に一人だけそんな鍛練をしている者がいたような気がしたが、これも何故かはっきりと思い出すことができなかった。

（もしかしたら、御年《おんとし》三百歳、丘の上の石造りの神殿のアタル猊下《げいか》が仰っていた「土星から我等の許可を得て、いま、ここ幻夢境に短期滞在中の大魔導師エイボンか、本人ではないとしても付き人の誰か」かもしれない。

エイボンについては、ハイパーポリア出身で、ツァトグアを崇拝していたので幻夢境に居づらくなり土星――サイクラノーシュに去って……くらいのことしか知らない。友人の魔導師クラーカアシュ＝トンが懇意だと聞いていたはいたが……。

自分のささやかな書棚には詳しく記した書籍もない。エイボン自身が記したとされる著書は禁書で神殿の図書館の中にしかない。

幻夢境も、ほかのもろもろの世界と同じく、広いようで狭い。まして、その土星の魔導師は何かについて我等の教示を得るために遠路はるばるやって来た、との噂も漏れ聞いた。

それほどまでの博識は、アタル猊下を含めても数えるほどしかいないはずだ。ならばその来訪者たちはここウルタールにいてもおかしくはない。付き人たちなら、暇をもて余しているかもしれない。なんとか身元を確かめる手段はないものだろうか）

ラヴェ・ケラフはよほど猫たちや猫たちの長・イジーラに尋ねてみようかとも考えたが、猫たちをいたずらに不安にさせてはいけないと思っていまは伏せておくことにした。

不安と言えば、客が土星からの者たちということで、「土星猫」が乗り物なり魔法なりにこっそりと紛れ加わって、幻夢境に渡ってきていないかも気がかりだった。土星猫は、この世界の猫たちとは違って性格も悪く、気も荒く姿形も恐ろしい異形らしい。

そんな恐ろしい者たちが、このウルタールのおとなしい猫たちに襲いかからないかと思うと、心配はどんどんと膨らむばかりだった。

土星猫については、何らかの方法ですでに月の裏側までやって来ているという噂もある。気がかりは尽きなかった。

数日後、非番だったラヴェ・ケラフは近くの広場に「流浪の民」の市《いち》が立つ日である事に気が付いて、思い出の猫の似顔絵を描いたポスターを持って出かけることにした。

人や猫たちの中には手掛かりを知る者がいるかもしれないと思ったからだ。

市が近づくにつれ、名産のキャベツや毛糸などを荷台に乗せた、騾馬《らば》が引く二輪馬車や、人人や猫たちとすれ違うことが多くなった。

家で書類と向き合っているよりも気が晴れた。

エイボンについては、神官仲間たちの噂によると（何でも、自分ではどうしても分からない、調べ切れないことがあって、ここ幻夢境の高名な魔導師の一人ゾン・メザマレックに教えを請いに、わざわざ土星からやって来ている）とのことだった。

ラヴェ・ケラフはゾン・メザマレックについてはチラリと名前を聞いたことがあるだけで、一度も面識もなければ彼が成した業績のこともよく知らなかった。

エイボン自身もかなり名の知れた魔導師のはずだが、そんなエイボンが同業者に教えを請わねばならないことがあって、プライドも外聞もなくわざわざ土星から舞い戻ってくること自体、ちょっと微笑ましいことにすら思えた。少し安心さえした。多少なりとも大それた悪事を企んでいる者は、そのようなことはしないだろう。ゾン・メザマレックも魔導師なら、そう易易と教えたりしないに違いない。

漠然と考えながら歩いていると、次第に市が近づいてきた。

ラヴェ・ケラフはとりあえず掲示板のあるところに行ってみた。

商談――「売ります・買います」の板が最も大きく広く、いろんな紙や羊皮紙が鋲《びょう》で止められている。「素敵な出会い・趣味の友人・仲間求む」の掲示板もあれば「儲かる商売・内職を斡旋《がいせん》します」といったものもある。「尋ね人・迷い猫」の掲示板は隅のほうにあったが、ラヴェ・ケラフはさらにその隅のところに小さな黒猫の絵を描いたポスターを貼り（みんな早く見つかりますように）との短い祈りを捧げた。

さっそく数人の人や数匹の猫たちが寄ってきて首をひねったりかしげたりしていた。

と、二台の二輪騾馬の幌馬車が道をすれ違おうとしていた。二台とも幌馬車。それは珍しいことだった。

市の開かれる広場の回りの道はそう広くはない。そんな必要はないからだ。すれ違うための場所はそこここに設けられている。

対面から騾馬の馬車がくれば、どちらかがそこでしばらく待っていれば問題は無いはずだった。

が、滅多にないことだが、その時は二台の騾馬馬車の車輪がガチャリと当たった。

目だった傷が付いたり壊れたりはしていない。どちらか——あるいは両方が「すみません」と謝ればそれで済む程度の接触だった。

現に人間の御者《ぎょしゃ》はお互いに「すみません」と小声だが謝り合った。

ところが両方の幌の中から恐ろしいうなり声が響いた。

虎とも獅子ともつかない吠え声。

集まっていた人人が一斉に声のほうを見た。

猫たちは毛を逆立てて逃げ散った。

御者たちも逃げた。どうやら中のものに脅されてここまでやってきたような感じで、大切なはずの騾馬も馬車も見捨てて一目散に逃げ出した。

騾馬たちは竿だっていなく。

幌の先から虎でもない、獅子でもない、豹でもない、大きな不気味な生き物の頭と目が覗いた。

「土星猫だ！」

流浪の民の一人が叫んだ。

すると、それまで自分たちの商売物を守っていた商人たちも、客たちも、商品も買ったばかりのものも打ち捨てて蜘蛛の子を散らすように逃げ去った。

二台の幌の中からそれぞれ、猫と呼ぶには余りに忌まわしい異形の獣たちが現れた。

「アレホド騒ギヲ起コスナト言ッタノニ、莫迦メガ…」

一匹がサイクラノーシュの言葉を話した。

「ソッチコソ出テ来ルナト言ッタノニ、モウばれチマッタジャナイカ、莫迦ヤロウ！」

もう一匹が怒鳴り返した。

後にはいろんな商品や小銭の入った小さな籠だけが残された。

ラヴェ・ケラフも逃げ出そうとしたものの、足がすくんで動かなかった。土星猫たちはむくむくと膨らんで巨大化し、鎌のような鉤爪を驢馬の背中に突き刺した。そのまま宙に放り上げ、鮮血を撒き散らしながら落下してきたそれを虎よりも大きな口で捕らえ、鈍い破砕音をたてながら噛み砕いた。

ラヴェ・ケラフは自分以外にも逃げ遅れた者がいることに気が付いた。

それは砂漠の遊牧民のような、白い頭巾を巻いて被った聡明そうな少年で、「古書、高価にて売ります・買います」の掲示板を夢中になって読んでいた。

（キミ、危ない！）

叫ぼうとしたものの声も出なかった。

「おじさん危ないよ！」

先に叫んだ少年は悠悠と掲示板から離れて、興奮し暴れる土星猫たちのほうを一瞥《いちべつ》した。その雰囲気にラヴェ・ケラフは何となくどこかで一度会ったことがあるような、懐かしい親しみを感じた。

「何ダ、オ前！」

「マダ子供ジャナイカ。柔ラカクテ美味シソウダナ……」

土星猫たちも気が付いて、少年のほうに向かって舌なめずりして涎を垂らしながら近づいてきた。

距離を詰めた二匹が同時に目にも止まらぬ速さで巨大な右の前脚で猫パンチを繰り出した。

思わず目を閉じたラヴェ・ケラフだが、恐る恐る再び目を開けると、少年は二匹の上空に漂って静止していた。

「魔導師カ?」

「構ワナイ、ヤッテシマエ!」

二匹は同時に飛び跳ねて少年を挟み撃ちにしようとした。

「やれやれ。まさかこんなに早速使うことになるなんて。――予め深紅の砂漠で修行してきて本当に良かったよ!」

少年は短くも長くもない聞き馴染みのない言葉……古代エノクかルルイエ語に似た呪文を唱えた。

ラヴェ・ケラフらは少年の身体から奇妙な魔力が大量に放出されているのが感じられた。

その力を受けた途端、土星猫たちはゆっくりと変化をし始めた。

巨大だった体は見る見るしぼみ縮んで小さくなった。逆立っていた毛はなだらかになり、凶暴な表情は穏和に、禍禍しかった色は地味に、吠え声は「ニャーン」という可愛い鳴き声に……。

元は土星猫たちだった普通の猫は散らかった地上にふわりと降り立つと、違う方向に走り去った。

少年もそれを見届けるとふわりと降りたって跪いた。息は荒く、肩は揺れていた。魔導師が魔力をほとんど使い果たした感じだった。

「大丈夫か？」

ラヴェ・ケラフは駆け寄って尋ねた。

「やれやれ。三匹いなくて本当に良かったよ」

少年は呟き込んで答えた。

「退治してしまうほうが容易だったのでは？」

「……ここウルタールでは、何人も猫を傷つけてはいけないのだろう？」

「確かに。あいつらも猫と言えば猫だな」

「こんなこともあるかもしれないと思って、凶暴な土星猫をただの猫に変える魔法を念入りに練習してきたんだ。魔力の消費が莫大なのが大きな欠点なのだけれど……」

「私は下級の神官のラヴェ・ケラフ。いまこの地を訪問していると言うエイボンが連れてきたのだろうか？」

「わざわざ土星から人にものを尋ねにやってきた者が、凶暴な供を連れてきたとは考えにくいけど」

少年は埃《ほこり》を払いながら立ち上がった。

逃げ散っていた人人も三三五五戻ってきて自分たちの商品や売上金や釣り銭が無事かどうか確かめ始めた。

「星空を駆ける船にこっそりと密航してきたということもあり得るし、直ちに疑うのは良くないかもしれない。この私、ラヴェ・ケラフが、エイボンを探し出せたら訊いてみることにしよう。丘の上の神殿の客間か近くの上等の宿に滞在しているかもしれないんだ」

「とにかくすぐに三匹目は勘弁だ。一日二日――いや、三日四日たっても回復しないかもしれない」

少年はまだ激しく息を弾ませている。

「しかし、仮に三匹目、四匹目がいたとしても、キミのこんな凄い魔法を目の当たりにしたら、すぐにはどうこうしてこないのでは？　少なくとも私なら様子を見る。この物凄い魔法が続けて使えないことだけは知られてはいけないな」

「おいらはアルハザード、サナアのアブドゥル・アルハザードだ」

ラヴェ・ケラフは、まったくの初対面のはずなのに少年が旧知の親しい間柄のように思えてきた。

「――ところで、下級の神官が流浪の民の市場に一体何を？　ぼくと同じく掲示板の情報が目当てかな？」

「その通りだよ。読みに来たのではなくて貼りに来たのだけれど……」

ラヴェ・ケラフは手短にわけを言った。気になっている筋骨隆隆の若い男の影のこともつけ加えた。

「なるほど。その猫はおじさんが前世で可愛がっていた猫かもしれないな。身体を鍛え上げた男も前世で親しかった者かもしれない。

その人や猫が、前世でここ『幻夢境』のことをよく知っていて、おじさんよりも先に前世での命を終わったのなら（『ここ』に来て暮らしていれば、やがておじさんもやってきて再会できるかもしれない）と思って『この場所』にいるのかもしれないな」

少年は考えを巡らせていた。

「……いいよ。詳しく話してくれれば、おいらも心に止めておくよ。幻夢境にはしばらく留まろうと思っているし、どうせ気楽な魔法修行の旅だから……」

ラヴェ・ケラフは心当たりの猫が黒猫であることや、筋骨隆隆の若い男が、いまの自分と同じ、前世では紙とペンに関わる仕事をしていたような気がすることなどを説明した。

「分かった。その代わり、もしも珍しいものを見聞きしたり手に入れたら教えて欲しいな」

ラヴェ・ケラフは快諾した。何か込み入ったことが起きないとも限らなかったものの、前世で可愛がっていた猫の消息のことなど、頼める仲間の神官は居なかった。

「おじさんとは近近また縁がありそうだ。――それと、土星猫とは関わらないように。少なくともここ三、四日のあいだは」

二人が別れる頃には、市場は元の賑わいを取り戻しつつあった。

翌朝、ラヴェ・ケラフが丘の上の神殿に出仕すると、昨日の流浪の民の市に土星猫が暴れ込んだ話題でもちきりだった。

当然、土星からウルタールを来訪中のエイボンも、たまたま丘の上の石造りの神殿の貴賓室に滞在中だったために、さりげなく質問を受けた。

エイボンの答えは当然、

「もちろん、我が供として連れてきたものではない」

というものだった。

エイボンが質問に来た相手、ゾン・メザマレックにも使いの者が赴いた。

「エイボンの問いに私は答えた。それが如何なる問いだったかについては信義があるので答えられぬ。土星猫？　そんなものがいるということを書物で読んだことがあるだけだ」

つまり全く埒があかなかった。

だが、使者が辞去する間際、ゾン・メザマレックはふとこうつけ加えたと言う。

「――我はエイボンの問いに誠実に答えた。それはまさしくエイボンが求めていた答えのはずだった。だが、エイボンは満足せず、むしろ落胆さえして去った」と……。

(答えは聞いたものの、期待していたものとはかけ離れていたのに失望した腹いせに連れてきていた土星猫を暴れさせたのではないか）と噂する神官もいた。

ラヴェ・ケラフたちは（また新たに問いたいことが生じるかもしれないのに、それは考えにくい）と思った。

と同時に、騒ぎを鎮めた異国人の少年のことも人人の口の端に上っていた。

少年が明らかに余所者であること、あの凶暴な土星猫たちの命を奪うことなく尋常《じんじょう》な猫に姿を変えさせたこと、その魔法はウルタールはおろか幻夢境全体でも滅多に見られない凄いものであること、そして事件が収まったあとその少年と下級神官が言葉を交わしていたこと……。

ラヴェ・ケラフは（これは自分にも何か訊かれるかもしれない）と心配し怯えたものの、どういうわけか、調べられることはなかった。

代わりに唐突に神殿の塔の最上階に住んでいる大賢者アタル猊下の蔵書を交換に行くという所用を命じられた。

（雑用をする役目の神官たちはちゃんといるのに何故自分が？）

訝《いぶか》しんだが、「フサンの謎の七書」や「ナコト写本」を携《たずさ》えて螺旋《らせん》階段を登って行った。

踊り場で立ち止まって窓の外を眺めると、煌《きら》めきたゆとうスカイ川と、清流にかかる石造りの橋が見えた。

（これらの本をあのアルハザード少年に見せたら、どんなに興奮することだろう）

と想像すると、黒い瞳を輝かせる少年が目に浮かんだ。

大賢者アタルの部屋に近づくにつれて、足下を行き来している猫たちの姿も次第に増えていった。

三百年近く前、アタルは宿屋の子供だった頃から大変な猫好きだったことは誰もが知っていた。

ノックして用件を告げて居室に入ると、老アタルは本で埋め尽くされた書斎で猫たちのうちの一匹を膝の上に乗せて書き物をしていた。

「……おぬしは前世で深い縁のあった猫を探しておるそうじゃな」

老神官長アタルは、書き物の手を休めて年の割りには張りと艶のある声で尋ねた。

「おっしゃる通りです猊下。私はこの世界に大変満足しており、ずっと居続けたいと願っているのですが、そのことだけが気がかりで――」

「異な事よな。ここウルタールは汝ととても関わり深き世界で、唯一神教徒たちの言う天国のように、おぬしにとってはすべての願いはかなっても不思議ではないはずなのに、他の者たちの干渉が起きておる。干渉の振れが大きくなると言うまでもなくこの世界の安寧《あんねい》が歪《ゆが》んでくる」

大賢者は皺《しわ》だらけの小首をかしげた。

「昨日は流浪の民の巡回市で危険な目に遭いまして……」

「知っとるよ。特に猫たちに関することはほぼすべて、な」

「土星猫たちはあの二匹だけでしょうか？」

土星猫の話が出た途端、老アタルの膝の上に乗っていた猫が毛を逆立てて逃げ、部屋の中にいた猫たちもあちこちに逃げ散った。

「じゃとよいがのぅ」

「エイボン様を問いつめるわけには参りませんか？」

「エイボンは曲がりなりにも大切な客人じゃ。おまけに『近く暇《いとま》を告げて土星に帰る』とも申しておる。あれこれ勘ぐるのは失礼であろう。儂もこの座に就いて長いが、悪しき者とは思い難い……」

「失礼しました。それでは私はこれにて……」

ラヴェ・ケラフが書庫に戻す本を腕に抱えて辞去しようとした時、老アタルがぽつりと独り言のようにつぶやいた。

「……そう言えば、エイボンは毎晩夜更け、一人で神殿の夜間の通用門を出たところのスカイ川の堤防で夜釣りするのを日課にしていたのぅ。釣り好きなのに土星では釣りが出来ぬゆえ、ひととき楽しんでいるのか、考え事でもしているのか、運動不足の解消のためなのか、猫たちが集会を開いておるあたりを……。もしかしたら、エイボンも猫好きなのかも知れんのぅ」

村の自宅に戻ったラヴェ・ケラフは、早速まだウルタールに滞在中のはずのアルハザードに、アタル神官長から聞いたことを手紙に認《したた》めて「伝書猫」の首輪に結びつけた。「伝書猫」はウルタール村の範囲内なら住民はもちろん滞在者にも、干し肉数個で届けてくれる。

アルハザードからの返事はすぐに来た。

『おいらたちも今夜、その辺りに夜釣りに行こう。釣り竿や道具は、新品では怪しまれるから、親しい人で釣りをする人から二人分借りること』


釣り道具は夜までに調った。

幻夢境の月は曇ったり輝いたりを繰り返し、人を見つけるにはちょうどよい明るさだった。

アルハザード少年は待ち合わせの時刻ぴったりに、門の近くの軽食を商う露店二輪馬車の近くにやってきた。

神殿は夜でも人の出入りがあるのだ。

「すぐ見つかるだろうか、エイボンは？」

ラヴェ・ケラフは声を潜めた。

「おいらなら、どんなに上手く魔力を消して普通の人に化けていても、すぐに見つけられるだろうよ」

神殿は夜を通して篝火が燃えているので、意外と用心がいいために、散歩する人、男女の逢い引き、釣り人、そして猫たちが多いのだ。

「あれだ、あれがおそらくエイボンだと思うよ」

暗い水面に向かって釣り糸を垂れている釣り人の一人……時折近づくウルタールの猫に釣った魚を投げている人影に視線を投げた。

エイボンと思しき人影は、釣り糸を遠くに投げるのに紛れて、小さな光る筒を夜空に向かって投げ上げた。筒は光を放ったまま星の海に吸い込まれるようにして消えた。

「あれは……土星への連絡かな？」

「多分ね」

「土星猫は関係あるのかな？」

「さぁ……。もし何かあってもおいらはいま対処できない。エイボン頼みになるよ。どのみち土星猫は、やろうと思えば土星から月の裏までひとっ飛びすることもできるとの噂だし……」

エイボンもこちらを振り返り掛けて止めた。

年配の男の影がチラリと見えたはずだったが、ラヴェ・ケラフには口ひげがどことなく猫のひげを思いおこさせた。

それも見覚えのある、なんとも言えず懐かしい……。よく見ようと目を凝らすと、もう釣り道具を片付けて歩き出していた。

アルハザード少年は何とも言えない表情で後を追いかけはじめた。

「ちょっと待て、エイボン様に失礼じゃないか？　怒られるんじゃないか？」

ラヴェ・ケラフも少し遅れて続いた。

「あの人が本当にエイボンだったら、ね……」

「えっ、偽者なのか？」

人影はどんどん堤防から外れて森の中に入っていく。

と、先のほうに禍禍しい色彩の光を放つ大きな獣の姿が見えた。

「土星猫だ！　まだいたんだ！」

アルハザード少年とラヴェ・ケラフは声を揃えて叫んだ。

「まずいな……　おいらはまだ魔力が底をついている！」

「大丈夫さ！　エイボン様が先に行っておられるんだ。土星――サイクラノーシュの主・エイボン様が土星猫如きに遅れを取るはずがない。エイボン様がいらっしゃるから土星猫たちは大人しくしているんだ。今回、何の弾みか一緒に紛れて付いてきたようだけれど……」

ラヴェ・ケラフは言ったものの、当の頼みの綱のエイボンは、土星猫を前にして立ち止まってすくんでいるように見えた。

「えいぼん！　ドウヤラコノ星、コノ世界デハ十分ニ力ヲ発揮出来ナイヨウダナ！　――チョウド良イ！　日頃ノ積リに積モッタ恨ミヲ今コソ晴ラシテクレヨウゾ！」

土星猫が前足を振り上げた。鋭く湾曲した爪が飛び出す。空気を切り裂きながら振り下ろされたそれは火花と耳障りな金属音をまき散らしながら停止した。一人の筋骨隆々とした大男が両手に握った大刀で受け止めたのだ。

ラヴェ・ケラフが最近自宅の近くで良く見かけていたあの男だ。

「クッ！　マタシテモ貴様カ！　くらーかしゅ＝とんト言イ、貴様ト言イ、ツルミヤガッテ！

仕方ナイ、次コソハ……」

土星猫は輝きを消して逃げ去った。

大男もなぜか姿を消した。

「大丈夫ですか、エイボン様。お怪我はありませんか？」

追いついたラヴェ・ケラフが尋ねた。

「大事《だいじ》ない」

エイボンは落ち着きを取り戻して答えた。

「あの大男は貴方様の護衛なのですか？　近ごろ私もよく……」

「いや、あれは儂の護衛ではない。キンメリアの出身の者だ」

「あんたに関係のない者が、どうしてあんたを守ってくれるんだい？」

アルハザード少年が尋ねた。

「……この世界『幻夢境』は我等と関わり深き人間たち——夢見人《ドリーマー》たち——が皆それぞれに己の夢の中で夢見た世界なのじゃ。故にそこに住んだり行き交っている者たちを直接に夢見た者以外には、いわゆる『実体』はない。いや、直接に夢見た者だけは全ては夢に見た通り思い通りにはなるはずなのじゃが、ごく稀《まれ》になんとかその世界を共有しようと試みた者同士が様々な無理——例えば心地良く夢の世界にまどろんでいる者を元の世界に連れ戻そうとしたりすると、それぞれが干渉しあって上手く行かなくなることもあると言う」

「仰ることが良く分かりません、エイボン様。それはどういう意味ですか？」

ラヴェ・ケラフは重ねて尋ねた。

「追追分かってくることじゃろう」

エイボンは皺の寄った両目にうっすらと涙を浮かべていた。やがて涙は溢《あふ》れこぼれて両頬を伝った。

「エイボン様、どうして泣いていらっしゃるのですか？」

ラヴェ・ケラフは奇異に思った。

「儂は優れた魔導師ゆえ、そなたの名を言い当てられるぞ。ラヴェ・ケラフじゃろう……そうじゃ、ラヴェ・ケラフ……ラヴェ・ケラフじゃ……」

エイボンは何故か、何かを振り切ろうとするかのように顔を背けた。

「おじさんたち、今夜はもう遅いよ。また出直したほうがいいと思うよ」

アルハザード少年に促されて、エイボンは丘の上の神殿の貴賓室《きひんしつ》へ、ラヴェ・ケラフは自宅に戻った。

「おかしいな。あと少し、あと少しで何もかも分かるような気がするのに……」

ラヴェ・ケラフはアルハザード少年と別れ際に言った。

「そうだね、おじさん。でも、おいらは、何もかも慌てて知ってしまわないほうがいいこともあるような気もするよ」

アルハザード少年はどこにしまっていたのか、二人分の釣りの道具をラヴェ・ケラフに返した。

　行きがけは軽かった二人分の釣り道具はずっしりと重く感じた。

「早く知りたいな。三匹目の土星猫のことも気になるし……」

「大丈夫さ。だんだん分かってくるさ。明日くらいにはおいらの魔力も回復するだろうし、そうなったら土星猫だって……」


　明け方、ラヴェ・ケラフは夢を見た。

　エイボンと筋骨隆隆の男……毛糸の織物に例えると、それぞれ紡ぎ出した者が異なる……そんな感じの夢だった。

　アルハザード少年も……。

　実の兄弟姉妹ではない、腹違いの、父違いのきょうだいのような存在のことなのだろうか？

　きょうだいに近いけれど微妙に違う、という意味だろうか？

　いにしえの、ギリシア・ローマ神話のようなものは、大昔のギリシアやローマに伝わる様様な伝説を集大成したものだ。

　一人の作家が考えたものとは考えにくい。

　大勢の人間が整合性をふまえて、いわば「編集」したものの集大成であろう。

そこに登場する神神も人間も怪物も、その物語を語り始めた者が違えば、大筋では同じだろうが、微妙なところは食い違っていても不思議ではなく、むしろ当然だ。

ラヴェ・ケラフは、自分が前世に於いて、そのような物語を紡ぎ出す仕事に就いていたのかもしれない、と思えてきた。

エイボンや土星猫たち、筋骨隆隆の男がいまのところ捕らえどころがないのは「紡ぎ手が違うからだ」と推測すると、ある程度納得がいく。

(もしかしても私が昔、可愛がっていた猫も、ここウルタールでは、誰かに何かを『紡ぎ変えられている』のでは？　なので、なかなか見つけにくくなっているのでは？)

カーテンが白々と白んできた。


翌朝、ラヴェ・ケラフが井戸の水で顔を洗い、朝食のスープを作ろうと竈《かまど》に薪をくべていると、鍋の水の中にアルハザード少年の顔が浮かび上がった。

「ラヴェおじさん、大変だ！」

「どうしたアブドゥル君。まさか……エイボンが尾けられたことを蒸し返して文句を言ってきたのか？」

「エイボンなんてもうお呼びではないよ。なにしろもうじき土星に帰ってしまうのだから」

「エイボンではないのか？」

「エイボンが教えを求めるために会ったという幻夢境の有名な魔導師、ゾン・メザマレックさ。今朝、水鏡で言ってきた。ぼくも初めて顔を見た」

「どんな人だった？」

「見たところは普通のお爺さんだったよ」

「で、用件は？」

「ぼくたち二人に会いに来い、と……」

「えっ！」

ラヴェ・ケラフは心臓の鼓動が早鐘《はやがね》のように早まるのを感じた。

（やはり昨夜の行動は軽率だったか……？）

「ゾン・メザマレック様は怒っているような様子だったか？」

「いや、特に……。おいらにはそんなふうには見えなかったけれど……」

（一体何だろう？　エイボンがゾン・メザマレック様に苦情を言った、というのも考えにくい。なにしろエイボンはゾン・メザマレック様にまた何かを教えて貰わなければならない立場なのだ）

「とにかく断ることなんてヤバくて出来ないし、ここは二人で会いに行くしかないと思うよ」

ラヴェ・ケラフは丘の上の神殿の事務方に『これこれこういう私用で、ゾン・メザマレックに会いに行く。同行の少年魔導師一人』と申請の書類を書いた。

とにかくゾン・メザマレックは幻夢境——ウルタールでは著名人だから、申請書は昼前には何人もの署名が重ねられて認証され、返却されてきた。

二人は神殿の承認状を携えて、ゾン・メザマレックが空間に映し出した魔法円をくぐって相手の元へ赴いた。

「おいらの魔力がやっと回復したんだけどさ。そうなると魔力への感覚も鋭くなるんだ。この魔法円から感じる魔力はおっかないほどだね」

「君の力は相当なものだろう。それでもか？」

アルハザード少年は気楽——というか楽しみにしている様子だった。

「おいらの魔力がたとえいまの二倍・三倍でも、ゾン・メザマレックと魔法で戦ったりしたら、とても勝ち目なんかないからね」

それはラヴェ・ケラフも認めざるを得なかった。

言われていた通りゾン・メザマレックはごく普通の老人で、二人に椅子と飲み物を勧め、自分も飲んだ。

「堅苦しい挨拶は無しじゃ。儂はおまえさんたちが訊きたいことを知っておるぞ。『エイボンは一体何を聞きにきたか』じゃろうが、それには答えられない。信義・信用というものがあるでの」

ラヴェ・ケラフと少年は頷く。

「――ラヴェ・ケラフ、儂はおまえが何を探しておるかも知っておるぞ。じゃがこれも答える訳には行かぬ。騒ぎになるかもしれないからじゃ。おまえの探している相手もそのことを知っていて身を隠しておる。また隠し続けることじゃろう。――それではあまりにも哀れゆえ、少しだけ手掛かりをやろうと呼びだしたというわけじゃ」

どうやらゾン・メザマレックは人にものを教えることが嫌いではない性格のようだった。

「――そっちの小僧は薄々感づいていると思うが、この世界『幻夢境』は、おまえたちの言う『前世』で『物語の紡ぎ手』によって具現化されたものじゃ。絵師が絵を描くように、職人たちが水車を組み上げるようにな。

『物語の紡ぎ手』が前世での命を終わると、己が、もしくは親しかった『紡ぎ手』が生前に紡いだ世界――幻夢境なら幻夢境に転生することが少なくない、と言うか多い。いわゆる『作者転生』というやつじゃ。

従って、一神教の天国のような画一的なものではなく、それぞれが生前（現世での命が終わったら行きたい）と思っていた『それぞれの理想の世界』にやって来る」

ラヴェ・ケラフとアルハザード少年は思わず顔を見合わせた。

「しかしそれ故に齟齬《そご》を来してしまうこともないことはない。ラヴェ・ケラフ、エイボンと親しいらしいクラーカアシュ＝トン、そしておまえたちが時折見かけると言う筋骨隆隆の男は、みな前世で親しく、強い縁で結ばれていた。当然、命終わってここ『幻夢境』にやってきてからもなにがしかの縁で繋がっておる。それ故、所謂来世の概念が微妙に異なる場合、差分を生じてしまうこともある。その差分が度を超して大きくなると……」

「クラーカアシュ＝トンは……おかしい！　間違いなく友人だしよく知っています。なのに……何故でしょう！　会った事がありません、この幻夢境では！」

ラヴェ・ケラフが口を挟んだ。

「それはおそらくクラーカアシュ＝トンが、まだ前世で生きておるからじゃろう」

「そうなのですか！」

ラヴェ・ケラフは珍しく顔を輝かせた。

「――クラーカアシュ＝トンは前世で長生きして、物語を紡ぎ続けているのですね！　私は彼が紡ぐ物語が大好きで……」

「忘れぬうち、邪魔が入らぬうちに言っておこう」

ゾン・メザマレックはラヴェ・ケラフを制して言った。

「念を押しておくと、おまえさんが探している存在は、この幻夢境では『違うもの』になりすましている可能性が高い。なぜなら、前世に於いて親しかった者同士が転生後に再会すると、その情動のエネルギーで世界が歪んでしまったり、ひどい場合は壊れてしまうことがあるからじゃ。

『朦朧《もうろう》とした夢から覚めた状態になる』と言うと分かりやすいかも知れぬ」

「再会しないほうが良いこともある、ということですか？」

今度はアルハザード少年が尋ねた。

ゾン・メザマレックは頷き、帰りの魔法陣を指さした。

「その通り。『郷に入りては郷に従え』前世での何かを取り戻そうとするのは勧めない。

加えて『前世に於いて紡ぎ手だった者やその作りしものを無理にどうこうしようとすれば、重大な矛盾を生じてしまって、せっかく築かれた世界は破滅する』ということを言う者もいれば、書かれた書物もある。儂が忠告したいのは以上じゃ」


「やれやれ、おいらたち、気を付けなくちゃいけないよな」

ウルタールのラヴェ・ケラフの家に戻ったアルハザード少年は珍しく溜息をついた。

「どうして？　ことさらどうということはないのでは？」

「ラヴェおじさん、昔昔、ここから遙か彼方にあるという絹の国の妖怪たちのあいだには『徳の高い――つまり高名な坊さんを食べたら、寿命が千年延びる』という言い伝えがあってね。事実、偉い坊さんは異形の連中に絶え間なく命を狙われたんだ」

「それは地位の高い坊さんにとっては大変迷惑なことだな」

「他人ごとじゃないよ。『紡ぎ手や、紡ぎ手に作られた者をどうこうすると、この世界全体も変わってくる』んだろう？　それなら現在のこの幻夢境に不平不満のある者たち――土星に逃れたエイボンや、土星猫たちが、ラヴェおじさんや筋骨隆隆の男を狙ってくるかもしれないじゃないか」

「あの大男が私を守ってくれているのは、私とは前世から縁が深く、ここ幻夢境でも利害が一致しているからだろうか？」

「可能性が高いよね」

「なぜ堂々と名乗って出ない？」

「干渉が過ぎると世界の設定がズレてくるかもしれないからだろう。あと、言いにくい死に方をしたのかもしれない。自ら命を絶ったとか」

沈黙が続きそうになるのをアブドゥル少年が破った。

「――でもおいらは、たとえばまた土星猫がラヴェおじさんを襲ってきたら……」

「そうならないことをバステト神に祈るよ」

ラヴェ・ケラフは静かに言った。

そうこうしているうちにエイボンが土星に帰る日がやってきた。

ラヴェ・ケラフは丘の上の神官たちに少しずつ探りを入れて、やっとのことで日取りと時刻を知ることが出来た。

おまけに、ラヴェ・ケラフは見送りの神官三名の中に加えてもらうことができた。

これには神官長アタルや、エイボン自身の意向も反映されていることは明らかだった。

「もちろんおいらも気付かれないように、少し離れて付いていくよ」

アルハザード少年が指を鳴らしながら言った。

「――魔力はほぼ回復した。もしも残りの土星猫が襲ってきても、数匹だったら普通の猫の姿と性格にすることができると思うよ。それに、エイボンがどんな方法でこの『幻夢境』にやって来たのかも知りたいしね。

――金属の缶詰のようなものの中に入って星空を飛んできたのか、それとも強力な魔法円を描いて時空をくぐってきたのか……」

「もし何も起きなければ、くれぐれも騒ぎを起こさないでくれ」

「大丈夫さ。約束するよ！」

「あと、見送りにはウルタールの猫将軍と付き猫たちも同行する。彼らは出迎えの時も同行したそうだ」

丘の上の神殿の貴賓室から裏門を出るまでは神官長アタルも杖をついて見送った。

「世話になったの。ゾン・メザマレックは力を貸してやれなかったようで、済まなかった」

アタルはエイボンの手を取って涙ぐんだ。

「いや、とんでもない。ゾン・メザマレックは誠心誠意こちらの問いに答えてくれた。我が望む答えではなかったというだけのことだ」

一同は一時的に人払いをしたスカイ川にかかる橋を渡り、森に分け入り、ズーグ族が出没する辺りまでやってきた。

「見送りを多謝する。これより先、我がどのようにして此処に来たのかは、来た時と同じく秘密故、どうかお引き取り願いたい」

こう言われては見送りのラヴェ・ケラフたちは引き返すより仕方ない。

「ズーグ族にお気を付けて。いかなる方法を使ったのか、夜釣りの時に襲ってきたとの報告を受けた土星猫もまだそのへんにいるかもしれません」

猫たちの長イジーラの代理で来た猫将軍が白い鬚《ひげ》を振るわせた。

「それはおそらく儂の責任です。儂が『幻夢境』を訪問していることを知って、無茶な術を使って月の裏側から飛翔してきたのでしょう」

エイボンはなぜかラヴェ・ケラフを見て、顔の皺を揺らせた。何かを言い掛けて黙った。その目にはまた大粒の涙が浮かんでいた。

（なぜだ？　なぜエイボンは私と別れる時に涙をこぼすのだ？　数日前、夜釣りの帰りの時も泣いていた……）

（ところがどっこい、おいらの魔力を持ってすれば、気配を感じさせずに尾行することができ

るんだよ）

ラヴェ・ケラフや神官、猫将軍たちが踵《きびす》を返すのを見届けてからも、アルハザード少年は用心して距離を保ちエイボンを尾行した。

しばらく歩いているうちに、雲間から漏れる月明かりや星明かりに照らされるエイボンの姿がだんだんと人の形を曖昧にしつつ失って、猫の形に変化していった。

猫といっても土星猫ではなく、ウルタールや幻夢境にいる普通の猫——黒猫のようだった。

（エイボンは本物のエイボンじゃあなかったんだ！）

アルハザード少年は心の中で驚いた。

そのことを声に出して叫んだ者もいた。

「フーン、本物ノえいぼんハうるたーるニハ来テ居ナカツタンダ！　土星ヲ離レラレナイ理由ガアッタカ、モハヤソレダケノ魔力ガナクナッテイタカ、うるたーるノ影武者ヲ雇ツタンダ！」

草むらから夜釣りの時に襲ってきた土星猫が現れた。

（魔力は戻っているけど油断は禁物。慎重に狙おう！）

アルハザード少年はゆっくり手指を組んで土星猫めがけて例の術を放つべく呪文を唱えた。

（こいつが最後の一匹だと思うが、絶対にそうだとは言い切れない。あと一匹現れた時のために、魔力を残しておかなくては……）

「偽物ハトンダ腰抜ケラシイナ。コイツヲ殺シタラドウナルノカ楽シミダナ！」

（それだけは絶対に阻止しなければ！）　アルハザード少年は土星猫との間を詰めながら回り込んだ。

（たぶん、大神官アタルの爺さんや、ゾン・メザマレックは薄々感づいていても見て見ぬふりをしていたんだ。みんなが愛しているこののどかなウルタールを！　それを歪ませたり壊させたりしてなるものか！　……なんて柄じゃないけど、今崩壊されちゃ困るんだ）

エイボンになりすましていた猫は、木の根本の草むらに隠れるようにして震えていた。

「大丈夫！　キミの安全とウルタールの平和はぼくが必ず守るから！」

閃光一閃、アルハザード少年が満を持した術は土星猫に命中し、土星猫はこの世界、ウルタール――幻夢境のただの普通の猫になって、茂みの中に逃げ去った。

「やれやれ。どうやら傷つけずに済んだみたいだ。なにしろ、『ここウルタールでは何人も猫を傷つけたり命を奪ってはならない』というのが金科玉条だからなぁ……」

エイボンになりすましていた黒猫はアブドゥル少年に駈け寄ってきた。少年が両手を差し出すと、黒猫はその上に飛び乗って『ニャーン』と鳴きながら頬ずりした。

少年は黒猫のフカフカの毛並みから微かにラヴェ・ケラフの匂い……小さな書斎の多くない蔵書の香りを嗅ぎ取った。

（この猫、もしかして、ラヴェおじさんが前世で縁というか絆のあった猫じゃあないか？）

黒猫はゴロゴロと喉を鳴らした。

（この子をラヴェおじさんに遭わせてみたい！　一体どんな事が起きるんだろう！　だけどそうしたら、大きな感情の渦が巻き起こって、ウルタールや幻夢境が歪んでしまうかもしれない。どうしたら大丈夫かそうでないか確認できるのだろう……）

「なぁキミ、キミは前世でラヴェおじさんと一緒に長いこと暮らしていた子じゃないか？」

黒猫は金色の瞳を輝かせてコックリと頷いた。

「だとしたら、ラヴェおじさんに会いたいよな？」

黒い猫はもう一度、今度は大きく頷いた。

「だけどそうしたら、ここウルタールや幻夢境全体がどうかしてしまう可能性があるんだよな？」

黒猫は目をぱちくりさせた。

「――でも何も起きない可能性だってあるんだよな？　取り越し苦労だってこともあり得るんだよな？」

黒い猫は何も語らない。

「――ゾン・メザマレックのところに行ったのもキミなんだよな？　でもよく大魔導師のゾン・メザマレックに見破られなかったな。土星のエイボンに一時的に魔力が増すようにしてもらったのかな？」

黒猫はとぼけるかのように顔を洗ったりするだけで何も答えない。

「ゾン・メザマレックは親切にエイボンになりすましたキミの質問に答えてくれ、キミはそれを夜釣りに紛れて土星にいたままの本物のエイボンに伝えて無事にお役御免というわけだ。エイボンが望んでいた返答とは違っていても、それは流石にどうすることもできない……」

黒い猫は、アルハザード少年の腕の中でスヤスヤと寝息を立て始めた。

(この猫=サムをラヴェおじさんと一緒にゾン・メザマレックのところに連れていったら、あの爺さんは新たなことを語ってくれるだろうか?)

少年は考えを巡らせた。

(反対に気を悪くするかもしれないな。幻夢境に住処を構えているから、これからもラヴェおじさんともちょくちょく会うこともありそうだ……。だけど、もうあと打つ手はこのサミュエルを連れていま一度会いに行くしか残されていない。

ゾン・メザマレックは気のよさそうな人だった。土星猫のように怒りっぽいとは考えにくい。『エイボンはこの黒猫のなりすましだ』と言うことは分かっている上で、エイボンの顔を潰さないように普通に知ることを答えた、ということだけでも分かったら……)

アブドゥル少年はサムを肩の上に乗せて、ゾン・メザマレックの屋敷に到着した。

二度目だから間違いはない。が、今度はラヴェ・ケラフを介してのアポイントメントは取ってはいない。

前回はラヴェ・ケラフが叩いたイホウンデーのノッカーをノックしようとした手が止まった。

どこからともなく、ほんの微かにだが名状し難い臭いがする。

火葬場の臭いに近いものの、何か薬草――というよりはいろんな毒草を煮詰める臭いも混じっている。魔法使い――魔導師に付き物の臭い、と言ってしまうとそれまでだったが、明らかに度を越したものだった、
肩の上のサムも思わず鼻をクンクンさせて顔をしかめる。

「ゾン・メザマレックの屋敷の敷地は広大だ」とラヴェ・ケラフから聞いていた。

地位の高い者に大地主並みの敷地は珍しくない。しかしゾンは小作人を一切雇ったり住まわせてはいない。不自然と言えば不自然だ。魔導師でも不労所得は有り難い。人人を雇っていれば世間体も良くなると言うのに……。

アブドゥル少年はもう一度臭いを嗅いだ。

（いいぞ！　この風向きと風の強さなら場所を確定出来そうだ。魔法で隠しているけれど、こちらも魔法が使えるんだ）

臭いは敷地の中の大きな池に浮かんでいる大きめの小屋から漂ってきていた。

我慢ができなかったのか、サムはいつの間にかどこかへ逃げ去っていた。

島には魔法の結界が張ってあったが、アルハザード少年は人一人が這って進めるくらいの普

通の人間には見ることのできない破れ目ができているように見えた。（これは……ゾン・メザマレックの出入り口か？　それとも……見破れる者を選別するテストのつもりか？）少年は腹を括《くく》って隙間から押し入った。

臭いは言いようのないくらいのものになっていた。

アルハザード少年は開いている窓からそっと中を覗き込んだ。

台所のような実験室のような部屋では、顔を覆面のようなマスクで覆ったゾン・メザマレックが大鍋を柄杓《ひしゃく》でかき混ぜている。

回りの机の上には、人間の手足、頭、胴体、動物の手、足、胴体、ズーグ族のそれら、様様な薬草、毒草が取りそろえられて並べられていた。

（もしかして、これが願いを叶える霊薬イグザルか？　だとしたら、土星にいる本物のエイボンがあいつを寄越して探らせたのは、この製造法だったのか！　ゾン・メザマレックは過去にエイボンに何らかの借りがあったので教えた。サムは本物エイボンにそれを伝えた。本物エイボンはすっかり嫌気が差して心に描いていた計画を諦めた……）

柄杓を置いたゾンは、窓のほうをギロリと睨んで言った。

「どうじゃ小僧、素晴らしいであろう。儂の弟子にならんか？」

「嫌だね。エイボンの書を貸してくれるのなら考えないこともないけれど……」

アルハザード少年はひらりと窓から部屋に入った。

「儂とエイボンの仲じゃが、さすがの奴も、いくら頼んでも『エイボンの書』だけは貸してはくれなかった。この幻夢境の世界で所持しているのは神官長のアタルだけかも知れぬ。――儂と組めばきゃつを倒してそれも手に入れ、世界を手中にできるぞ！」

「もう一度言うけどお断りだね。おいらはおいらで何とかするよ。エイボンに『やっぱりノー・サンキュー』と断られているような奴に魅力があるとは思えないね」

「貴様は大先輩の功績を知らぬのか。彼我の実力差も弁《わきま》えぬ輩《やから》め、年長者を敬う気持ちすら持ち合わせんか？」

「ないね。エイボンもいまごろ土星で（自ら赴かなくて本当に良かった）と胸を撫で下ろしていることだろうよ。あんたには猫のエイボンでじゅうぶんさ」

「その生意気、いつまで続くかな？」

ゾンは煮立っている鍋を背に、印を組んで呪文を詠唱した。

サイクラノーシュ、ヒューペルボリア、ヴーアミタドレス、ヴーアミ族、ン・カイなどの言葉が聴き取れた。

すると、鍋の中からヒキガエルともナマケモノともつかない異形が姿を現した。おかしい。大鍋よりも遥かに巨大な姿が何故か大鍋の中に収まっている。

「そいつ」が瞬きすると、蛙のような手と舌がアブドゥル少年に「既に」絡みついていた。そのまま一気に鍋の中に盛大な水音と共に引きずり込んだ。

煮立っている鍋の中で、少年を常時危険から守っている結界が徐々に崩壊していく。この鍋の中身は一体何なのか。

（これは――）少年の脳裏で推測は確信に変わった。だが喜んでいる場合ではない。吟味している暇はない。（なんとかしなければ……）

「どうじゃ、いま一度だけ訊くぞ。儂の弟子になれ！」

「断る！　おいらも邪悪なる神について知ることにやぶさかではないけれど、あんたと一緒にやりたくはないね！」

少年は減らず口を叩きながら起死回生の道を探る。脳細胞をフル回転させてはいるが、間に合うかどうか。

「では、おとなしくツァトグアの生け贄になるがよかろう！」

少年の姿が泡に包まれて消えようとする瞬間、地響きを立てて窓が崩壊した。何かが窓枠ごと壁を破壊して突入してきたのだ。それは筋骨隆隆の大男。鼻息を荒げ、雄叫びでゾンの集中力と胆力を吹き飛ばした。圧倒的な気迫は魔法を凌駕するのかもしれない。

大男は身の丈よりも長い大刀を引き抜くと、気合いと共に一閃した。横薙の一撃は鈴のような音を立てて大鍋と天井の梁から吊していた数本の鎖をまとめて断ち切った。

大鍋は床に落ち、アブドゥル少年ごと石の床に中身をぶちまけた。得体の知れない様様な生き物の骨の欠片やら、半分溶けかけた肉やらが飛び散った。もともとの異臭の上にもさらに輪を掛けた異様な臭いが充満し、慣れているはずのゾン・メザマレックですら数歩よろけて壁によりかかるほどだった。

大男は肩にかけていた大瓢箪をむせているアルハザード少年に投げ渡した。「ソイツデ洗イ流シテオケ！　目モロモナ！　用心シテオケ！」

彼は野太いキンメリアの言葉で叫び、ハイパーポリアの言葉で繰り返した。

「言われなくても！」

（こいつは夜釣りの時に助けてくれたやつ。ラヴェ・ケラフが何度か目撃したのもこいつ。なぜ何度も助けてくれるのだろう？　利害が共通しているのか？　それともやはり創造者同士が親友か、親友だったとか……。まぁいい。何にしろ助かった！）

ゾン・メザマレックは、当然怒り心頭に発していた。

「おのれ、どいつもこいつも！　絶対に許さぬぞ！　まとめてヴーアミタドレス山のクン＝ヤンの洞窟の底の底に送って、二度と陽の目を拝めぬようにしてやる！」

ゾンはこれ以上はないくらいの早口で何かの呪文を唱えた。呪文の中には「ツァトグア」という言葉が何度も繰り返された。

すると、実験室の石畳の床を割って、象の如く巨大なものが姿を現した。

顔や身体は巨大ヒキガエルに似ている。

目は眠そうだった。

巨大なヒキガエルが淀んだ視線を向けると、アルハザード少年と大男の足下が微細な粒子にまで粉砕され、二人を飲み込み大量の空気もろとも地の底へと吸い込んだ。大男は咄嗟《とっさ》に腰に巻き付けた鉤《かぎ》付きの革紐を天井の梁《はり》へと投げて落下を食い止め、左手でアルハザード少年の腕を掴んだ。

「放すなよ。おいらが何とかしてみせる！　おいらはこの世界一の大魔導師になるんだ！　こんなところで——こんなことで終わるものか！」

減らず口は健在だが、今のところは打つ手がない。ゾンは空中浮揚の術で高みの見物だ。両者の実力差がそのまま現れている。その時一つの小さな黒い影が風のように飛んできて、鋭い爪でゾンの顔を引き裂いた。

「ぎえぇぇ！　何をする、この畜生！」

ゾンは顔中、両目も鮮血に塗《まみ》れていた。

「おい、おまえ！　おいらの秘術目当ての方便を信じて！」

アブドゥル少年は叫んだ。

ゾンの集中はガラスの様に砕け、術は破れた。地割れは元通り塞がった。

大きなヒキガエルは現れた穴を下がっていった。

術が消失し、ヒキガエルはその姿を薄めて消えていく。術者自身は呼び出した存在との契約なのか、運命を共にしていた。

「そんな……こんな事がぁぁぁ！」

大男はアルハザード少年を床上まで一気に放り上げ、自分も革紐を伝って脱出した。ヒキガエルが現れた穴も存在しなかったと思うほど完璧に復元された。二人が落ちた穴も同様に。

少年は大男に、我ながら珍しく礼を言おうとしたものの、彼の姿はまたしても消え去っていた。

黒猫サムは少年の肩に飛び乗って喉をゴロゴロと鳴らす。

帰り際に振り返ると、ゾンの本宅や池の真ん中にあった別宅はヒキガエル同様、全てが薄らいで平らになって緑が繁り、何の跡形もなくなってしまっていた。

あの異臭もあっという間に消え去り、爽やかな風が吹き抜けていた。


ウルタールの風に揺れる、こじんまりとした書斎の窓。白いウールのカーテンを眺めながら書き物をしていたラヴェ・ケラフはどことなく寂しそうな目をうつむかせた。

「――エイボンは土星に帰ってしまった。土星の住民たちはさぞかし大魔導師の帰還に喜んでいることだろう。ひょっとしたら生まれ故郷の地球に留まってそのままという可能性もあったことだろうから……」

「エイボンはそんなことをする人には見えなかったよ」

アルハザード少年もカーテンの外をしきりに気にしていた。

「これであの黒い猫――黒い猫だったと思う……が帰って来たらなぁ。新しい世界にやって来たら、あの黒猫と暮らせたら、どんなに楽しいか、前の世界を去る直前は、そのことばかり考えていたような気がするんだ」

とその時、カーテンが微かに大きく揺れて、何か両手で持てるくらいの黒いものがチラリと横切るのが見えた。

「おや、何かな。まさかな……」

ラヴェ・ケラフはペンを置いて立ち上がり、窓辺のほうに数歩歩んだ。

アブドゥル少年は寛衣のポケットの中に忍ばせておいた霊薬イグザルの小瓶を確かめた。

（もしも、この世界の均衡がどうにかなるようなことが始まったら……）

少年も窓辺に歩み寄るのと、庭から黒い毬のようなものが飛んで入ってくるのとはほぼ同時だった。

黒い猫がラヴェ・ケラフの神官服の胸に飛び込んだ。

「サミュエル・パーキンス！　そうだ、思い出したぞ！　前にいた世界で長い間一緒に暮らしたのはサム・パーキンスだ！　よかった！　この世界でも再会できた！　いつかきっと再会できると信じていて、ずっと待っていたんだ！」

ラヴェ・ケラフは黒猫の頭や身体を撫でた。

黒猫も嬉しそうに猫の神殿の神官の胸に顔を擦りつけた。

「——そうだ、すっかり思い出したぞ！　私は、前の世界ではアメリカ合衆国という国のニューイングランド州の州都プロヴィデンスというところに住んでいたんだ！　近くには大きな大学があって、若かった頃の私はそこに通いたかったがそれは叶わなかった！」

遠くの森でズーグ族たちが一斉におぞましい叫び声を上げ、鳥たちの群れが飛び立った。

「——私はそこでホラー作家をしていた。『ウィアード・テールズ』などの専門誌に度々載せて貰っていて、クラーク・アシュトン・スミスや、オーガスト・ダーレス、ロバート・ブロックなどの友人も大勢いた。ロバート・E・ハワードは私より二十歳若かったが、彼の母親が死んだ日に、ステータス・シンボルとも言えた自家用車の中で拳銃自殺をしてしまった。あの時は本当にショックだった……」

空を漆黒の異形の雲が覆い始め、稲妻がいくつも走り、大地が揺れ始めた。揺れは少しずつ大きくなってきた。

「——大きな出版社から自分の単行本を出して貰うことが夢だったが、それだけはついに叶わなかった」

アルハザード少年は、二、三歩あとじさってからポケットの中から霊薬イグザルの入った小瓶を取り出すと栓をゆるめ始めた。

「……そうだ。ここ幻夢境は、私、ハワード・フィリップス・ラヴクラフトが最初に創作した世界なのだ！

東方には全ての夢見る者の中で最も偉大な人物とされるクラネスが己が夢の中で創造し、自らその王となったセレファイスがある。さらなる彼方には、恐怖に満ち満ちた禁断の地。西方、神官ナシュトとカマン・ターが守る炎の洞窟から七百段の階を降りていくと『深き眠りの門』この門が幻夢境への入口だ。都市のひとつであるダイラス＝リイン、ここウルタール、交易商業都市フラニス、砂漠の町イラルネクなどが存在する。また伝説の地ムナールがあって、そこから切り出される灰白色の石は旧神の印を刻むのに使われるのだ。ムナールには、かの大災厄に見舞われしサルナスの廃墟も。

南方にはオリアブ島があって、東方のダイラス＝リインから船で行くことができる。楽園の地も存在すると伝えられているのだ。

北方には畏怖されるレン高原が存在し、角と蹄《ひづめ》を備えた亜人や紫色の蜘蛛などが棲んでいる。レン高原の遙か彼方にはカダスが。『大いなる者共』の居住まう城が頂《いただき》に築かれている。

この世界全体の地の底深くには様々な怪物が棲んでいるのだ。また天駆ける船を使えば幻夢境の月に行くことができ、大きな蛙に似た月棲獣がいてナイアーラトテップに仕えていたりする。全貌は夢見人ごとに少しずつ異なる設定であり、落日の都を探し求めるランドルフ・カーターから教示を求められた丘の上の石造りの神殿の神官長アタルは、『その都はカーター個人の特別な夢の世界にのみ存在するのかもしれない』と答えたのだ」

ラヴェ・ケラフの声はだんだんと咆哮となった。

「そうだ！　私は私の創作した世界に見事に転生を果たしたのだ！　数少ない作者転生を果たしたのだ！」

アルハザード少年は躊躇無く霊薬イグザルの入った小瓶の栓を開いた。

名状し難い異臭が漂ったがそれは一瞬のことで、ウルタールののどかな風にすぐにかき消された。

ラヴェ・ケラフはハッと我に帰ったかのように全てを忘れ、ただちに元の下級神官に戻った。

黒猫だけが彼の胸元ですやすやと寝息を立てていた。

暗緑色なる夢の淀み

天満橋理花

かすかな水音の向こうから、誰かが自分の名を呼んだ。

ここは……そうだ。

草の匂いの混じる湿った空気を吸って、思い出す。自宅の近くの川だ。雨上がりなのか、水は濁っていた。

自分を呼んだのは、眼鏡をかけた黒髪の少年だった。

「××じゃないか。久しぶり！」

名を呼ばれて、その少年は笑ったようだった。

川向こうの草むらに立つ、懐かしい顔を確かめようと、水辺ギリギリまで歩く。

小さな支流だが、水は入れば膝まではあるだろう。

近くに二車線の橋があったはずだと、まわりを見回す。

しかし、上流にも下流にも橋が見えない。

「おかしいな……」

どう渡ろうかと、揺らめく水面を眺めた。

靴を脱いで……と考えたところで、違和感を覚えた。

自分が履いているのは、高校時代のジャージとスニーカーではなく、ビジネス用のスラックスと革靴だ。

でも、あいつは同級生だ。いや、同級生だった。たしか東京の大学に……。

少年の顔をよく見ようとして、足下の石につまづく。

うずくまったカワラバトのような石が音を立てる。白いシャツを着た、体が緑がかった泥水に落ちた。

川底の砂につくはずだった手には、水しか触れない。

足のつかない深さ。増水しているとはいえ、この川でそんなことがあるはずが……。

ともかくも平泳ぎのつもりで水をかく。

すると何かが水の中を泳いでいるのを見た。

……河童？

濡れた手のひとつが自分の右足首をつかんだ。

無数の手が自分を暗い水の中に引きずり込む。

この河は、こんなに深かったか!?

吐いた息が大きな泡になり、苦しさにもがき……。

「はあっ!?」

大きく息をついて、中崎元也《なかざきもとや》は上半身を起こした。

見慣れたアクリル毛布がなめらかに光っていた。

自室のベッドの上だ。

カーテンの隙間から夜明けの空が見えた。

——人の声が聞きたい。

「ベルタ、今何時かな?」

「五時四十七分です」

壁掛け式のモニターがパッとつき、ダークブルーの髪の女性キャラクターが表示された。

聞き慣れた合成音声に、とりあえず安心する。六時に起きるつもりだったからちょうどいい。

「うにゃーん」

愛猫のとららが甘えるような声でないていた。

「よしよし」

茶トラの体をなでると、少し心が癒やされた。プラスチックの目のきれいなとららは、フェイクファーをまとった機械猫だった。

そのまま飼い主の布団で丸まろうとするとららを、ゆっくりと持ち上げてロボ猫専用の箱の中に置く。

「とらら、ここにいろよ」

「にゃん」

ふっくらしたクッションの上で耳を動かしながら答えるロボ猫に微笑んで、中崎は洗面所に向かった。顔を洗うと黒い夢が下水道まで流れ落ちていくようだった。

最近仕事が忙しいのが、悪夢の原因だろう。

しかし、それも今日までだ。派遣会社から、新しい人がくる。

たぶん……楽になるはずだ。

前任者は、サーバーエラーの翌日に無断欠勤してそのままこなくなったからな。

東京からのリモートワークだから、会社に来ないのではなく、いきなりの音信不通だったが。

何回か連絡したところ、三日後に泣き言といいわけと本人なりの現状報告が届いた。

「こんなパッチだけで作ったみたいなプログラム、どうしようもありませんよ」

自社通販用のサイトだった頃からの、歴史ある注文受け付けおよび配送プログラムだ。バイトの大学生に押しつけるような職務ではなかったか。

「それにハード面でも問題があるのではないかと推測しておりますが、なにぶん遠隔地では数値しかわからないのです」

それを読んだ上司は、今度は実際に事務所に来てもらえる人にしようと決めた。

中崎の会社はドローンでの食品の出前を請け負っていた。普段の中崎は主にドローンの管理をしていた。

ラーメンやおにぎりが空を飛んで客のところへ行くのだ。バイクや自転車での出前に比べて人件費が安いのが魅力だ。しかし「チャーシュー麺を頼んだのにチャーシュー抜きになっていた」などのトラブルは、ＡＩやドローンの力を持ってしても解決できなかった。

自前で配達用のバイトを雇えない、小さな飲食店は人力で調理し、盛り付けるのだから。そして注文する側にも、トンカツを頼むつもりで、唐揚げのボタンを押してしまうような人がちらほらいたのである。

中崎達は、とりあえずダウングレードしたプログラムで、注文を受け付けていた。

「……もしかして、中崎さんですか？」

「あれ？　芦原《あしはら》か。久しぶり」

派遣されてきたのは、高校時代の友人だった。軽く挨拶を交わし、仕事内容の確認をする。

中崎は、ふと思った。

ん？　昨夜夢で聞いた懐かしい声はこの声だったのでは？　そうか、新たに配属される人として、名前を聞いたから夢に出てきたんだろう。

中崎は自分の理屈に納得した。しかし、電子会議室の記録をさかのぼっても、上司は芦原の名は書かず、派遣会社のどこそこから人が来るとしか書いていなかった。

——偶然かな。

それとも夢の中の声なんて、誰でもないような声なのに、起きてから「あいつだった」と勝手に当てはめているのだろうか。

「それで、芦原。プログラムはすぐ直りそうか？」

「必要な仕様のとりまとめ、適切なハードの選定と注文、プログラムの動作確認……バグチェックもしなくちゃいけないし……。少し時間がかかるな」

……これは仕事が楽になるのは、一週間以上先だろうな。

夕食時の空に次々と飛び立つドローンを見ながら、中崎は明日一緒に飲まないかと、芦原を誘った。


中崎は芦原と海辺の寿司居酒屋で、たわいのない話をした。酢でしめたアジが美味しかった。

「そこそこ近くに住んでいるんだが、君の会社の辺りは来たことがないな。そういえば、UFOがこの街に出るって話を聞いた。誰か君の会社で見た人はいないかな。イカ釣り船ってオチかもしれないけど」

「んー、営業の人が、海辺で幽霊を見たといっていたな。でも、UFOなんてそれこそ焼きそば宅配中のドローンだったり」

「いや、かなり上空を飛んでいて、大きさ的に自動車ぐらいはある……というウワサだ。まあ、そんなもの照明器具の写真を元に、リアルなアダムスキー型円盤画像を作成すればいいしな。

合成すれば、宇宙からの呼び声写真のできあがり」

二人とも飲んだので近くの駅から、電車で帰るつもりだった。そのついでに人気の無い夜の海辺を歩く。

「せっかく再会したんだし、海をバックに二人で写真撮ろう。ＳＮＳに載せて他の旧友に近況報告もできるだろ」

中崎は携帯端末をポケットから取り出した。

「よし、後で、ＵＦＯを合成しよう」

そういいつつ、撮影モードの画面を見て、光る点が映っているのに気がつく。

振り返ると、「それ」が黒い夜空に飛んでいた。

銀色のまるみをおびた貝殻のような飛行物体。翼もプロペラもない。

「なっ！　まさか!?」

中崎は叫んだ。芦原は速攻でその未確認飛行物体に携帯端末を向けて、撮影を開始している。

自動車ぐらいのＵＦＯと聞いて、なんとなく軽自動車ぐらいのものを想像していた。

しかし、これは大型トラック以上だ。

水面も何かざわついている。

異様な飛行物体は、魚を見つけた鳥のように水面に急降下してきた。

放つ光のまぶしさに、思わず目を閉じて……。

笑い声が、脳に突き刺さる。若い女の声だ。

ベルタ？　違う。ベルタの声はもっと柔らかい。

がしゅり。じゅらり。

起きようと動かした腕に草と砂利の感触がある。いや、腕だけじゃない。腹や太ももにもある。

裸だ。

「おれの服は!?」

中崎は叫んだが、そばに座った女は笑いながら、よくわからない言葉を返してきた。

とりあえず英語で、あなたはどこの国から日本に来たのか、と問おうとして、目の前の相手の顔を見据え——嫌でも思い知る。

この女、人類じゃない。

白目がほとんどない目が、魚か猫のようだ。大きな瞳は金色だ。カラーコンタクトではなさそうな深みのあるきらめき。

少し大きめの口を飾る、濡れたようなルビーの唇。

鼻は小さめで、顔は丸っこく、顔立ち自体はかわいらしいとすらいえる。ほっそりした体に少し色あせた緑のゆるやかなワンピースをまとい、布のベルトをきゅっとしめている。タコのような生物が刻まれた貝がらのアクセサリーが、豊かな胸に下げられている。遠目なら、色が白いアジア人に見えなくもない。

だが、何より異様なのは髪の毛の色で、透き通った緑色だ。最近は髪を染める技術も進んできたが、元が黒髪ならこの透明感はないだろう。

ウィッグだろうかとも思ったが、生え際を見ると地毛のようだ。

さて、自分はゲームをプレイする夢でも見てるのだろうか？　元同僚とネットRPGをしたときに、同僚はこういうグリーンの髪の騎士の姿で現れたな……。

中崎は思わず周囲を見回して、あまりの解像度の高さに現実なんじゃねえかこれ、と思い直した。

なにがなんだかわからないでいる中崎の顔を見つめて、その異種族の美少女？　は、何かもにゅもにゅいあいあといいながら、中崎の左手首に腕輪をはめた。金属のひやりとする感触。

「この腕輪は？」

「あたしの所有物の証。仮にだけどね」

「所有物!?」

中崎は声をあげてから、言葉が通じるのに驚いた。

「そっ。あたしの名前はエイキュア。覚えてね。あんたの名前は？」

「中崎元也、だ」

名乗ってから、ダマスカス三世とか偽名を使えばよかったと悔やむ。

「中崎、ね。なんだ、ちゃんとしゃべれるみたいね。あんた、川で泳いで溺れかけたの？」

「いや、そんなはずはない。海の近くにいたはずだし、服も着ていたはずだし、鞄も持っていた」

「海？　あんた、この辺りのヒトじゃないわよね。後であたしの家に連れて行ってあげるから、ちょっと待っててね。お仕事の途中なの。ふふっ、返事のない屍なら、シチューにするつもりだったけど、生きていたことを神様に感謝なさいな」

服どころか、髪の毛まで緑色の女は水辺の草の中に消えていった。

全裸でぽつんと取り残された中崎は、しばらく呆然としていた。

——まずい！　このままではあの女の所有物にされてしまう！

我に返り、慌てて女の向かったのと反対方向に逃げる。

とりあえず上流にいくと大きな淵があった。不気味な淵で、椿の葉の色の石柱が二本立ち、大理石の祭壇がしつらえてある。

川はその祭壇のそばから流れ出していた。

——おそらく、この先に街はないな。

中崎はきびすを返して、下流に向かった。

時間を確かめようとして、自分の左手首にはめられているものが、いつものスマートウオッチではないことに改めて気がつく。黒い金属製で、錠がついている。猫目石のような石がはめられ、何か文字が刻まれている。つくりは精巧だったが、不気味な意匠だった。

「あっ!?」

土の道を歩いていると、足の裏に鋭い痛みが走り、よろめいた。

丈の高い草に隠れながら、かかとに刺さった小石を抜く。深い傷ではないが、かすかに血がにじんでいる。

果たして、遠くまで逃げられるだろうか?

筋肉の痛みより、傷の裏の痛みの問題が中崎を悩ませた。

道路が全く舗装されていない。道幅も人が手のひらを広げた程度だ。

裸足のマラソンランナー、アベベではあるまいし、裸足のまま走り続けることはできないだろう。

ゆっくり歩いて遠くまでいくとしても……おそらく、徒歩でたどりつける範囲に自宅はない。

それでも歩けるだけ歩いてみよう。どこかに「人間の村」があるかもしれない。

「それにしても初期装備ひどいよな、このゲーム。普通なら粗末な服と適当な棒ぐらい……」

そうつぶやいてまわりを見回す。木の近くに一メートルぐらいの棒が落ちているのを見つけて、杖代わりに拾う。

それなりの幅があるのに、護岸工事を全くされていない川だ。

あの女の言った「この辺り」とは、いったいどの辺りなのか?

草むらに生える、蘭に似た青い花にも見覚えがない。

植物には詳しくないが、観光や外出は好きだった。風景写真を撮っては窓代わりの液晶画面にランダム表示させる。SNSのどこかで写真家がおすすめしていたアイデアで中崎は、とらと一緒にそれをよく眺めていた。

黄色い太陽がさっきより山に近づいているのが、わかった。

これは黄昏だ。

周囲の山を見回すと、遠くの空に巨大なコウモリのようなものが何羽も飛んでいた。

時計も携帯端末もないので時刻はわからないが、もうすぐ夜が来るのだろう。

――夜。この見知らぬ土地で。

道には街灯すらない。

いっそ、あの緑色の髪の女を探そうかと思ったが「所有物の証」と言われた腕輪を見て、考え直した。

――奴隷。日本では違法のはずだ。しかし、ここは日本だろうか？

腕輪に軽く力を入れてみたが、外れない。

そのとき、道の向こうに人影のようなものが見えた。手を振ろうとして、あの女の仲間だったらどうしようと思い直す。

数人の男女がいた。全員濃淡はあれど、緑色の髪に緑色の服だった。さっきの女と同じ種族だろう。釣りか、畑仕事か宝石掘りかは知らないが、仕事を終えた帰りと見える。

彼らは草むらに隠れている中崎の前を何か小声で話しながら近づいてくる。

そのうちの一名が、ぎょろりと周囲を見回したようだったが、そのまま通り過ぎていった。

もう大丈夫だろうと、中崎はほっとしてその場に座り込んだ。かすかに後ろから草を踏む音がした。

背中をドンと押されて、そのまま前に手をつく。握ったままだった棒がポッキリと折れた。

四つん這いのまま前へ逃れようとしたとき、前にもう一人緑髪の男が立った。

この連中、自分が隠れているのに気づいていたのだ。

油断させて、こっそり獲物に忍びより、囲んだのだ。

斜め前に逃げようと立ち上がろうとした時、後頭部に骨まで響く衝撃があった。


痛みが少しずつ強くなり、中崎は目が覚めた。

腰に綱がつけられていて、近くの柱に結んであった。両足もまとめて縛ってある。

どうやら、やや大きな建物の土間にいるようだった。

緑色の髪でどこかぬめっとした雰囲気の連中が何体もいた。中崎が目を覚ましたのに気がついて、その一体が寄ってきた。

「おやぁ、目が覚めたか。おめぇはどこから来た?」

「……えっ」

これは日本といえばいいのだろうか？　地球？　長崎ばい？

そもそもここはどこだ、そう、ぎょろりとした目の男に聞きたかった。

一度気絶したのに、この夢から覚めていない。おかしいな……。

中崎が口ごもっていると、緑の髪の男は中崎の左腕をぐいとつかんで、はめられた腕輪をよく見た。

「おれらの一族の腕輪をしているな。おまえにそれを与えた者は誰だぁ？」

中崎はかろうじて女の名前を思い出せた。

「……エイキュアだ、エイキュアがこの腕輪をはめた」

「そうか、エイキュアの召使いかぁ。それじゃあ、エイキュアに知らせてやんねえとなぁ」

どうやらそれで中崎の扱いは決まったらしく、他の連中も賛成の様子だった。

「召使いのくせに逃げようとするから、痛い目にあうんだ」

「エイキュアには明日の昼にでも連絡すっかな」

こいつらには自分を殴って縛り上げたことを、反省する気はさらさらないらしい。

逃げた犬を捕まえるという善行をしたつもりなのだろう。

「しかし、昼間捕まえたもう一匹とよく似てんな」

「仲間じゃないか？　ちょっと連れてこい」

芦原は捕まる時に激しく抵抗したのか、痣と傷が体中についていた。よろめきながら、歩いてくる。

「あ、中崎!?　無事だったのか」

芦原はかなり近くに来てから中崎に気がついたようだった。

「無事……だった。君も生きててよかった」

「そっかぁ。やっぱり、お仲間か」

「そいつは、腕輪もついてないし、痩せていて目も悪いみたいだから、今度街へ売りに行く」

目……芦原も全裸でこの世界に来たらしく、眼鏡はなくなっていた。

視力は聞いていないが、事務所で見たときに「度の強そうな眼鏡だな」と思ったのは記憶にある。

薄汚れた服を着せられている。力仕事をしない腕は、中崎に比べほっそりとしている。芦原の手に腕輪はない。その代わりにロープが両手をつないでいた。

自分のはめている腕輪は身分証ともなるせいか、文字らしきものが刻まれ、猫目石のような石もはめられている。

「こいつを町へ売りに行くなんて、ひどいことはやめてくれないか」

太った男は一瞬、何を言ってるのかという顔をしたが、次は上からのお説教になった。

「おまえらの主人がおまえらを引き取りに来ない限り、おまえらは拾いものだろ?　手紙ぐらいなら、出してやらないこともないが、おまえの村はどこだ」

その「主人」の意味するところが、所有者か、雇用者か、親族といった身元引受人のことなのはなんとなく伝わってきた。

「日本の長崎って、知っていますか？」

「聞いたことないなぁ」

……だろうな。

「この村にそいつの買い手はいなかったからなぁ。せいぜい、一緒に働きたいと、エイキュアに頼むんだな。あいつは神の淵を守る巫女だから、多少の銭はあるはずだ」

緑の髪の男はニタニタと笑った。さっきから話の中心にいる、この太った男はこの村で高い地位にあるのだろう。

「わかった、そうします」

中崎は答えた。しかし、自分も一度は逃げ出した身だ。エイキュアがそれを怒っていたら、自分も売られてしまったりするのではないだろうか。

後は、明日エイキュアが呼ばれてから、ということで二人は奴隷小屋らしきところに放り込まれた。

「君は、あいつらの話がわかるのか？」

芦原は不思議そうに聞いた。

「おれも不思議なんだが、この腕輪の力みたいなんだ。少し訛《なま》りがあるけど、日本語っぽく聞こえる」

「僕にはクワラワラガワッ！　イアイア……みたいに聞こえる。あれは日本語でも英語でもスペイン語でもない」

「不思議だな」

中崎は腕輪を見た。しかし、暗がりでは文字らしきものも読めない。

「なんらかの機械翻訳だとしても、誤訳はあるだろ？　実際に話が通じているのか？」

「た、たぶん？」

「そうか、なら説明してくれ。僕には何の話だか、全くわからなかった」

中崎は自分達が奴隷として扱われているという話をした。

「……なんだそれ」

芦原はしばし額に手をあてて考えていた。

「なるほど。逆に日本の山奥に明らかに外国人と思われる者が全裸で倒れていたら、僕も怪しむな。それだけなら事件の被害者かもしれないが、身分証もなく、主張する住所も架空のもので、言葉も通じなかったら、精神障害や逃亡犯の可能性すらあるな」

「いったい何がおきたんだろうな……」

「ハハ、異世界転生なら、悪役令嬢や最強冒険者がよかったな」

芦原は力なく笑った。

「考えても仕方がなさそうだから、とりあえず眠らないか」

中崎は慰《なぐさ》めるようにいった。

目が覚めたら、いつも通りロボ猫のとららのいる自分の部屋だったりしないだろうか。

そんな儚《はかな》い期待を抱きつつ、中崎は目を閉じた。


翌日、エイキュアは緑の髪をなびかせて村に現れた。

「よーう、エイキュア。見つけた召使いにさっそく逃げられたな」

「はいはい、ありがとう。見つけてもらって助かったわ」

すねた顔でエイキュアは答える。中崎は大きな目でにらまれた。

円《つぶ》らな金色の瞳には、異様な迫力があった。

「なんでまた目を離したんだぁ」

「あんたも知ってるように、前の女奴隷が、夜鬼にさらわれて今は私一人。だから淵の近くに倒れていたこの男は神様からの贈り物かと思って、油断したの」

「おいおい、今年の祭りの準備は大丈夫かぁ」

寄ってきた他の村人がエイキュアを笑った。

「エイキュアさん、芦原は元の町で優秀で真面目な労働者として、高い評価を受けていました。自分も一生懸命働くので、どうか二人で雇ってください」

どうもやばい話を聞いてしまったような気がするが、中崎は頼み込んだ。

「うーん、そういって、今度は二人であたしを殺して逃亡、なんて考えていない？」

エイキュアは大きな瞳でこっちを見ている。

「そんなことは考えていません」

たしかに女一人暮らしで、見知らぬ男を二人雇うのは危険だろう。

しかし、このままでは芦原がどこかへ売られてしまう。

「私は逃げるつもりはありませんでした。なくした服を探していただけです」

いいわけでしかないのを承知で言ってみる。この腕輪は敬語も翻訳できてるんだろうか？

「そうねえ。服がないのは困るよね」

あまり信用していなさそうだが、緑髪の女は薄く笑った。

人手のいる時期、ということでなんとか芦原も買い上げてもらえることになった。村の男が割引だと言っていたので、この世界にも知り合いに対するサービスという概念はあるらしい。

「あたしから逃れられても、あたし達の神からは逃れられないからね」

エイキュアは芦原の左手首に石のついた腕輪をはめながら、とがった歯を見せて笑った。

エイキュアの家は白い壁の木造住宅で、大家族で住むような広い家だった。

「お祭りの時は、人がたくさん来るから、母屋には広さが必要なの。あたしが普段住んでるのは、この離れよ。あんた達用には使用人小屋があるわ。いまちょっと汚いけど、好きなだけ掃除していいからね」

そう話しながら、エイキュアは魚と野菜と豆を鍋で煮た、スープとかゆの中間のような食べ物をたっぷりよそってくれた。

中崎達には木のさじが配られた。箸という習慣は、ここにはないらしい。エイキュアのみ模様のある金属のスプーンで、それをなめるようにしながら食べていた
空腹だったので、一生懸命食べたが、素材の味がわかりすぎる料理だった。

「塩あるけど、いるかしら？」

微妙な表情に気がついたのか、エイキュアは陶器に盛った塩をよこしてくれた。

食後、二人は小屋をぼろ布と、見慣れない植物で作った箒《ほうき》で掃除した。

草の詰まった布団が用意されていて、古びたシーツも運ばれてきた。

「それじゃ、おやすみなさい」

エイキュアは、笑って使用人小屋に外から鍵をかけた。

「ふああ！　なんかいろいろありすぎて、もう何も考えられない！」

寝床に、中崎は飛び込んだ。サワサワと音がする。

「中崎、一生懸命あの女を説得してくれてありがとう。うれしかった」

「いいんだ。おれもこの世界で一人きりになりたくなかったから」

「マチニウリヘイク、か。どんな街だか知らないけど、システムエンジニアの職があるとは思えないな」

芦原は冗談めかして言っているが、明日からの仕事が不安なのだろう。

「それにしても、よくできてるなこの腕輪は。この世界の携帯端末なんじゃないか？　外国人との通話を自動で翻訳してくれる以外にも、機能がつけられそうだ」

「なにか、時々文字じゃなくて絵で、相手の言いたいことが伝わってくる」

「しかし、この魔法世界に眼鏡はないのかもな。あの村の連中にも眼鏡の者は見なかった」

「たまたま、みんな目がいいんじゃないか？　どっかに眼鏡屋ぐらいあるって」

中崎の慰めに、芦原はちょっと笑った。

「この腕輪、元の世界に持ち帰れないかな。もし帰れたところで、ここに来たときと同じく身につけていたものはすべて無くしてしまうなら、残念だな」

芦原は不思議な腕輪をさすった。

「再び転移することで腕輪が外れるなら、もう自由ってことだよな。でも、全裸で日本の川辺に倒れていたら、不審者として通報間違いなし！」

小さな窓の外から、鳥とも魔物ともつかない者どもの騒ぐ声が響いてきた。それに恐れを感じつつも、疲れた二人は眠りに落ちた。元の世界で目覚めることを期待しながら。

「さっ！　今日から神様のためにバリバリ働いてね」

弓矢を背負い、腰にナイフを下げたエイキュアは、明るく言い放った。

翌日、中崎達は河原につれてこられていた。視力のよくない芦原は杖を持ち、右腕にロープをつけられて、エイキュアに引かれてきた。二人は着古した緑のチュニックに、膝下までのだぼっとしたズボンだった。

「いったい何をするんでしょうか」

芦原が控えめに聞く。

「三〇日後に日蝕があるのよ。一番大きな日蝕。そして、日蝕のお祭りが開かれるの。村だけでなく、街からも人が来てね。すっごい盛り上がるから、このあたりの河原の草を刈りまくってね。大きな石もどけてね。あたしは今日のお夕食のための魚を捕って、この辺りに作っている畑を見てくるから！」

エイキュアはそう言って、中崎達に草を刈るためのナイフを渡した。

「草は持って帰るから、こっちに束ねておいてね」

そう言い残して、エイキュアは下流の方に手網を持って歩いて行った。

中崎と芦原は河原を見回した。

「大きなイベントの準備をする仕事ということかな。異世界転生して、草刈りとか草生える」

「はーん、事務所の草刈りで養ったスキルを発揮する時がきたな」

中崎はナイフをびしっとかまえた。

「きみのところ、そこは外注じゃなくて社員がやるんだ」

「そう。祭りの手伝いもしたぜ」

中崎は胸を張った。

「一ヶ月後が日蝕か。ぼんやり覚えているんだが、三ヶ月前のニュースで次の日蝕は日本では二年後といっていた。きみも知らないか？」

「残念ながら……」

中崎は芦原に返事をしながら、空を見上げた。

「あ!?　月が三つある!?」

「なんだって!?」

芦原も空を見上げたが、昼間の白い月がよく見えないらしく、中崎の方を向いた。

「地球の月より、大きな月がひとつと小さな月がふたつある」と、教える。

「マジで遠い宇宙か、異次元か、フルダイブの仮想現実か……」

日差しの強さを感じながら、中崎達が野良仕事にせいを出していると、日よけのベールをかぶったエイキュアが見回りに来た。

「あんたたち、まあまあやるじゃない。特に中崎。その調子でがんばってね」

「あの、喉が渇いたのですが、水は？」

「えっ、もちろんこの川の水よ」

エイキュアはそういって、川の水を手ですくってそのままゴクゴクと飲んで見せた。川の中には水草も生え、小魚やエビのようなものが泳ぎ、水はうっすらと緑色に濁っている。汚いな……と中崎は内心で思ったが、水道らしきものはエイキュアの家になかった。出された水は、井戸水だろうとなんとなく思っていたのだが。

「大腸菌や日本住血吸虫はこの世界にいるのかな。僕たちが病気になっても祈祷《きとう》されるだけかもしれない」

芦原は中崎にそうささやくと、あきらめたように笑って、川の水を飲んだ。中崎は少しためらったが、同じく飲んだ。

「聖なる淵から流れる水だから、沐浴《もくよく》にもおすすめよ。それじゃ、お昼にしましょう」

エイキュアはそういって腰の巾着袋から、赤い石のついた短い杖を取り出して、何か呪文を唱えて枯れ草に火をつけた。そして、今度はリュックから魚の干物を出して軽くあぶった。

こういうところは魔法世界っぽいな。いや、もしかしたら、高度に発達した科学かもしれない。中崎の視線に気づいたエイキュアは、にっこりと笑って「はい、どうぞ」と焼けた魚を渡してくれた。

「……いただきます」

中崎はもらった魚を奥歯でかみしめた。焦げ臭さと内臓の苦み、そしてうまみが口の中に広がった。

エイキュアは鋭い歯でガツガツと魚を骨ごとかみ砕いていた。

「それじゃ、向こう岸の草も刈っておいて。キラキラした石があったら、拾っといて。街で売れるのよ。足下には注意してね。あたしは魚獲りの続きをするから」

「あのう、橋はどこですか？」

「あそこから渡るのよ」

エイキュアが指さした先に、両岸に立てられた木の棒と、間に渡したロープがあった。

「わかりました……」


「魔法で虹の橋とかを、かけてくれないのかな」

エイキュアが去った後、二人は並んでロープをつかみ、濡れながら川を渡った。

「日本でも明治時代はこんなものだったからな」

「今が夏で助かったな」

「いや、この世界では今が冬でそのうち猛暑になる可能性もあるかもな。……今は、目の前の仕事を片付けるか」

中崎は芦原に手を差し出した。ありがとうという言葉とともに、その手が取られた。男同士で手をつなぐのもどうかとは思ったが、渡った河原にはとがった石も転がっていて、彼の視力では危険だった。

足下に硝子瓶《がらすびん》のようなものを見つけて、中崎はかがんだ。どうやら唐草模様の彫刻された半ば透き通った石のようだ。

「キラキラした石ってこれか!?　天然石のブレスレットにできそうだ」

「水晶かな？」

芦原は目を近づけた。

「水晶っぽいが、すごい加工技術だ。くぼんだところまで、なめらかに磨かれている」

その後、二人で相談して芦原は明るい場所で草刈りを、中崎は薄暗い崖の近くで、石拾いを担当することになった。

光る石を探しながら、木の根の絡む白い崖の近くを歩く。大小様々、色も様々な石が見つかった。

大きな岩の裂け目を見つけ、そこからひんやりとした洞窟に入り込む。

外からの光が差し込む入り口のあたりで、光る石を探す。背負い袋にそれらを詰める。

子供の頃プレイしたゲームの、採掘作業みたいで、なんとなく宝石掘りの歌を口ずさむ。

ゲームと違うのは、石が重いことだ。ＶＲゲームでも普通は荷物の重さを、わざわざ再現しない。

中崎は石の隙間に人工物らしきものを見つけた。

８の字のような金属の枠組み。中崎の目には、眼鏡のフレームに見えた。レンズらしき物は、はまっていない。つるの部分はなく、両脇に穴が開いている。石灰分で、少し白っぽくなっているから、誰かが落としたばかりではなさそうだ。

もしかして、この世界にも眼鏡があるのか？

中崎は発見に興奮して、薄暗い洞窟のさらに奥へと進んだ。

やや急な坂があり、中崎は慎重に降りようと濡れた岩肌を裸足でさぐった。

「え!?　うわあああーっ!?」

だが、中崎は大きな叫び声を洞窟にこだまさせながら、一気に洞窟の下の方まで転がり落ちた。痛みがあった。とがった鍾乳石の欠片で、左腕を怪我したらしい。暗い洞窟なので、痛みの強さと手触りで傷の深さを知ろうとするが、骨は折れてなさそうだ、ぐらいのことしかわからない。他にも手足に擦り傷があるようだ。

——動かせるから、大丈夫だ。

あの川の水で洗うしかないのかと思いながら、中崎は入り口まで戻ろうとした。

だが、ぬめぬめした何か大きな物体が体に触れた。そいつらは洞窟の隙間にでもいたのか、次々に這い寄ってきた。押しのけようとすると巨大なナメクジのような柔らかいが、肉厚の手触りだった。暗闇の中で、そいつらは粘液を出しながら、中崎の肌をなめまわしていた。あまりのおぞましさに悲鳴をあげながら、右の拳で殴りつけると一瞬ひるんだように、不定形と思われる体を、ぬらりと中崎から離した。姿の見えない軟体動物にのしかかられながら、中崎は細い光を頼りに出口を目指そうとした。

スライムがぎっしり詰まった停電中の満員電車から、必死で駅に降りようとするなら、こんな感じになるだろうか。

中崎は息を乱しながらも、柔らかな肉の群れを蹴りのけて、強引に体を進めた。

「このっ！」

怪我をした左腕にぬるりとまとわりつかれて、恐怖に理性を削られる。

突如、湿っぽい洞窟内にハパァッと黄色い光が差した。

見るとエイキュアがさっきの小さな魔法の杖を松明のように掲げていた。あれは懐中電灯にもなるのか。

そして中崎は、自分の周囲にいる青緑色の生き物の群れの姿を初めて見て、再度叫びかけた。

だが、エイキュアの前ではみっともないと思い、かろうじておさえた。

一メートルぐらいの大きさの、大きな半透明の蛆虫のような生き物の群れ。内臓らしきものがぬめっとした皮膚の下で蠢《うごめ》いている。

「ともかく、その蟲《むし》どもをナイフで刺して。傷は浅くてもいいわ」

ナイフ。腰のベルトを確かめると、洞窟を転がり落ちたにもかかわらず、まださやに収まっていた。

暗闇の中、得体の知れない相手だったので、使っていいものかと迷って、結局使わなかったのだ。

嫌悪感をおさえつつ、ナイフで目の前の怪物を切りつける。

しかし、ぬめる皮膚の上で刃が滑り、かすり傷すらつけられたのかどうか。

両手でナイフを握り、渾身の力で軟体の奥へと刃を押し込む。発声器官がないのだろう。悲鳴は上がらなかった。

内臓にまで届いたのかどうかはわからないが、薄青い液体がその傷口から漏れてきていた。

傷つけられた軟体生物はひるみ、他の軟体生物が同族の傷口にゆっくりとへばりついた。その二体、三体がぬるぬると互いに絡み合っている横で、別の個体に中崎はナイフを突き刺した。

エイキュアも光る杖を腰に差しながら、短剣でぶつぶつと軟体を切り刻んでいた。

「こいつらは、腐った死体を食う蟲なの。時には弱った生き物の血もなめ、腐りかけた傷口も食《は》むわ。同種が怪我をしていれば、その体液もすする」

そんな悍《おぞ》ましい生き物どもの体液にまみれながら、中崎はエイキュアと洞窟の入り口にたどり着いた。

「無事でよかった！」

洞窟から少し離れたところに、立っていた芦原が駆け寄ってきた。

「芦原がね、悲鳴を聞いたってあたしを呼びに来たの」

「迷惑かけたな。二人ともありがとう」

「気にしないで。よくあることだから。それより何か見つかったの？」

「何かを彫刻した石と眼鏡らしいものが」

「後で見せてもらうわ。あんた、汚れてるからまず川で水浴びしなさいな」

中崎は自分の血と謎の軟体動物の体液を、葦の茂る河原で洗い流した。しかし、あの不気味な生き物の感触は流れ去ってはくれなかった。

少し離れたところで、エイキュアも服を着たまま水浴びついでに泳いでいる。魚のような優美な泳ぎだった。水からあがって、服を肌に張りつかせたエイキュアに近寄ったときに、中崎は見た。

エイキュアの靴を脱いだ足には水かきがあった。

中崎はエイキュアに、洞窟で拾ってきたものを見せた。

「んー、まあまあね。今日が初めてだし、入り口のところだし。あ、でもこれはちょっと珍しいわ」

エイキュアは、金彩を施した深緑色の彫刻をつまみ上げた。何か文字が書いてあるようだった。

「これ、なんなんでしょうか。鉱山でも近くにあったとか？」

「昔この淵の上には、壮麗な石造りの神殿があったと伝えられているの。貴石や宝石、金銀の細工物は過ぎ去りし夢の名残よ」

中崎はさらに、二人に眼鏡のフレームらしいものを見せた。そして、視力矯正用の道具ではないかと、エイキュアにたずねた。

「原始的な道具よね。あたしたちは目が悪くなったら、神殿で手術するからこういう道具は使わないの」

手術、という言葉に移植や再生のような意味が含まれていることを、腕輪を通して感じ取る。

「それじゃあ、この眼鏡らしきものはおれたちのような種族が、昔はこの洞窟に住んでいたということですか？」

「うーん、住んでたとは限らないわ。品物だけが上流から流されてきたり、魔物の手でここへ運ばれてきたのかも」

「なるほど……」

中崎は相づちを打ちながら、そういえば自分達の衣服や荷物は、結局どこへいったのだろうと思った。

「あの崖の向こうの山は夜鬼の住処なの。そして、夜鬼はよく人をさらうから、その持ち物が落ちているの。持ち物だけ盗んだり奪ったりすることもあるわ」

その「夜鬼」という存在については、腕輪が魔物だというイメージを伝えてくれた。以前の奴隷はそれにさらわれたという話を思い出す。

「そういえば、あんた達の荷物はこの河原で見つからなかったわ。一応、あんたを拾った辺りを探してみたんだけど」

「あっ、どうも」

「すみませんが、目の手術はいくらかかるんでしょうか？」

ためらいながら、芦原が口を開く。

「あたしはこの淵の番人だから、詳しくは知らないの。でも、あんたはあたし達と違うから、難しいんじゃない？」

「そうですか、どうもありがとうございます」

芦原は頭を下げた。お辞儀という作法はないのか、エイキュアは「ん？」という反応をした。

中崎達はその後も仕事をした。エイキュアも危なっかしいと思ったのか、近くにいて中崎に光る石の掘り出し方などを教えてくれた。

日が傾きかけ、エイキュアは中崎達に持って帰る荷物を指示した。

石やら草やらで重すぎる、と中崎は言おうと思ったが、エイキュア自身がかなり大きな荷物を背負っているので、がんばって背負うことにした。芦原の荷物も重そうだ。

「あんたたち、のろすぎる。おいてくわよ」

帰り道、エイキュアが二人の亀の歩みに文句を言った。そして「夕食の支度があるから」と、先にどんどん歩いて行く。そして、夕食の支度をしないと、と言って先にどんどん歩いて行く。


家までほぼ一本道だから、道に迷わないだろうと思っているのだろう。

中崎は普段からもっと街を歩くんだった、自転車や車で移動するのではなく、と後悔した。

――そういえば、この世界には車らしいものもないな。馬車や牛車は探せばあるのか？

この世界の文明程度を考えながら歩く中崎の耳に重たげなはばたきの音がした。

見上げると、黄昏の紺色の空に、大きなコウモリのようなものが何体も舞っている。

いや、あれは人の形をした何かに、コウモリの翼と尻尾が生えているのだ。どこかで見たような悪魔のように見えた。見た瞬間に、不吉なものだとわかった。

その内の一体が中崎より少し遅れて歩く芦原に、スウッと滑空しながら向かった。悪魔に似た何かが芦原をつかもうとしてもみあっている。芦原は杖代わりの棒で殴っているようだったが、腕を捕まれて棒を落としてしまった。

中身に関心があるのか、武器を奪おうとしているのか、怪物はしきりに芦原のリュックをひっぱっている。芦原が荷物を奪われまいと抵抗しているので、怪物は今度は芦原の足首を片腕でつかみ、もう片方の手でその足を下から撫で上げた。

「うあっ!?」

芦原のおびえた声が響き、身体が硬直する。怪物はリュックをつかんでゆすり、美しい石が醜い怪物の前に転がり落ちた。

怪物がそれを拾った隙に、芦原の体が自由になった。まだリュックを背負い、よろけながら中崎の方へ駆けてくる。

中崎は右手で芦原の手をつかんだ。怪物の顔がこっちを向いた。その顔には人間のような目鼻がなかった。

「いぎゃあ！　なんだ、こいつは!?」

中崎は悲鳴をあげつつも、芦原の手を引いて走った。

「それが夜鬼。あたしたちの敵よ。走って！」

召使いの様子を見に戻ってきた、エイキュアだった。芦原に叫ぶが早いか、弓を構え、あらかじめ装填《そうてん》してあった矢を放った。クロスボウか!?　中崎は昔見た映画の一場面を思い出した。

矢からはピィイーー！　と笛のような音が出た。鏑矢《かぶらや》の原理だろうか。

音が不快だったのか、こちらが弓矢を装備していることを認識したのか、夜鬼は翼を大きく羽ばたかせながら再び上昇して、様子を見ている。

道にいくつかの石を転がしたまま、二人は走った。

「急いで！」

エイキュアの高い声が刺さる。三人で夕闇よりも早く駆けて、エイキュアの家までたどり着いた。

重い荷物を背負ったまま、中崎と芦原は床に倒れ込んで、荒い息を吐いた。

しばらくすると、エイキュアがまた豆雑炊のような夕食を用意してくれた。

食欲はなかったが、一口食べてみるとどこか懐かしいうまみを感じた。

「おいしい……」

中崎は思わず口にした。エイキュアがスプーンをくわえながら、にこっと笑った。

「今日は貝の肉みたいなものが入っているな」

「どんどん食べてね。さっきの洞窟にいた、食屍虫の肉がメイン具材なの」

食べ終わった後に聞きたかったな……それ。

芦原は食屍虫を直接見ていなかったが、微妙な表情になった。

食屍虫の雑炊を食べながら、エイキュアは中崎達に祭りの意義をといた。

「神はこの世界とあたしたちを、夢見ることでお造りになったの。だから、時々この夢なる世界を神は訪れなさる。それを歓迎し、我らの信仰を深めるの」

「あの淵は神の出入り口なのですか？」

エイキュアは芦原に頷いた。

「そうよ。何年も前に日蝕の闇の中で、あたしも気配を感じたことがあるわ。他にも神の門があって、それぞれ聖地とされているの」

「……ここはそういう場所なんですね」

「神様は祭りの日以外も気まぐれで現れることがあるの。だからあなた達もきっと神様の贈り物よ。『我らは神の夢なれば、神に仕え神のために生きるべし』ってね。それじゃ、明日もがんばろーね！」


夕食の後、外から鍵をかけられた使用人小屋で、中崎と芦原は疲れているのに眠れずにいた。

「この職場、超絶ブラックだな」

芦原は深いため息をつきながら、自分の足をもんでいる。

「おう、汚い、きつい、危険と三拍子そろってるぜ」

「応用情報技術者試験の資格が、この世界で役に立つことはなさそうだな。必要な技能は剣と魔法か……。僕のタブレットの中には、レベル90のソーサラーとかいたんだが」

「異世界グルメものにも憧れるな……。この世界で長崎ちゃんぽんを錬成したいぞ」

「わかる。このままだと毎日が闇鍋の予感。しかし、エイキュアには逆らわない方がいいな。あの女、弓と短剣と魔法が使えるんだ。これがゲームなら、強いキャラが味方にいるのはありがたいんだが」

「魔物がうようよしてる世界で生き抜くには、ああでないとな。しっかし、エイキュアのおかげで助かった。いい人なのかもな」

中崎は努めて明るくいった。

「どうかな。僕らの荷物を盗ったのだって、実は彼女かもしれない。珍品に関心があるみたいだし」

芦原は声に不信をにじませた。

「それは考えなかったな……」

しばし、二人の間に沈黙が降りる。

「そういえば、僕のゲーム彼女はどうしてるだろう」

「心配だな。おれもロボ猫のとららを残してきている」

もう三日ぐらい元の家を留守にしている。もし、この世界の時間の流れが日本と同じなら、そろそろ自分達は行方不明者扱いされるのではないだろうか。

「僕と彼女は同じファンタジー系のゲームをやってたのが、きっかけで知り合ったんだよな。彼女もコンピューター関係の職業で、話があった。僕といきなり連絡がとれなくなって、色々と誤解しそうで……」

あ、これたぶん、生身の人間の彼女の話だ。

「……おれたちなんで、この世界に来たんだろうな」

「僕はあの夜の海で緑の怪物を見たんだが、君は見たかい？」

「いや、来る直前にＵＦＯらしきものを見た。だからてっきりアブダクションかと」

「あれ？　話が合わないな。僕のは夢だったのかな……」

「逆に夜鬼にさらわれてきたってことはないのか」

「真相は不明だが、エイキュアは本気で僕たちが神様からの贈り物だと思ってるんじゃないか。村の連中に比べて、あきらかに扱いが丁寧だ」

「なら、表向きはそういうことにしておこうかな」

「きっと、僕たちはこの世界の神に召喚されたんだよ」

「海岸での拉致じゃないか」

「この世界で、そういうことをいうなよ。不敬だぞ」

「それは信仰心か？」

伝統宗教が力を失って久しい、二十一世紀の日本人である中崎はとがめるようにいった。

「少なくとも、エイキュアの前で、この世界は自分の夢だなどと口にしない方がいいだろうね。それは冒涜《ぼうとく》だと思われるんじゃないかな」

中崎は何かいおうと思ったが、口を閉じた。芦原は芦原でこの世界で生き延びるために、一生懸命考えているのだろう。日本でも「この世界はおれの夢だ」などといったら、ちょっとヤバい人だ。

七つある月のうちの一番大きな月が、昼間に太陽を覆い隠す日蝕の日。

この辺りの村や街にとっての祭日である。

普段は静かな淵の周囲は、今日はずいぶんと騒々しかった。

緑色の髪で埋め尽くされている河原を見て、こんなにこの連中はいたのか、と中崎は驚いた。

ところどころに、その連中の召使いらしき異人種が混じっている。

しかし、明らかに「地球人」という者には出会えなかった。

街の神殿から招かれた司祭その他この世界の「神職」にあたる連中の世話は、中崎達の仕事だった。

そういった客人に出す料理が、普段よりよく煮込んだ「食屍虫のシチュー」なのはどうかと思ったが、わりと好評なようだった。

川の近くの木に怪しいテントのようなものがあり、番人らしきものがいるので、エイキュアに聞いてみた。

「あれは、神に捧げられる罪人の置き場所よ」

まさか、生け贄というものか。それとも公開処刑？

日本も死刑を維持している国のひとつだから、それほど驚くほどのことではないのかもしれないと、中崎は無理矢理自分を納得させた。

空を見上げると、大きな白い月がゆっくり黄色い太陽に近づいていっているところだった。あれが太陽を食んだ時、祭りが始まる。

河原では臨時の市が開かれていた。

日本の屋台と違うのは屋根が無いことだ。蚤《のみ》の市に似ている。武器も売っているようだったが、自分自身が「所有物」の身分なので、まずはエイキュアに相談することにした。

エイキュアは貴賓席に相当する淵に近い絨毯《じゆうたん》に座り、儀式の手順を確認していた。

芦原と二人で絨毯を踏まないように、離れたところで待つ。

話が一区切りついたのか、エイキュアがこちらに来た。

「そろそろおれもナイフではなく、短剣を装備したい」

「うんうん、わかるわ。強くなりたいよね。でもね、ここでは買わない方がいいわ。今度街へ行くときにちゃんとしたお店で選ぼうね」

ごまかされたような気もするが、露天商の品が信用できないというのは、元の世界でも同じなので、中崎はわかったとうなずいた。

すると、少し年嵩《としかさ》と思われる着飾った女が寄ってきた。

「剣が欲しいなら、この短剣はどうかしら?」と、いって黒い鞘に緑の石をひとつはめた、短剣を見せてきた。

「わたしには少し重かったから、エイキュア、あなた買わない？」

エイキュアはその女の名前をメアリンだと教えてくれた。

「中崎、あんたこの剣持てる？」

バカにされているようにも思ったが、持ってみるとなるほどそれなりの重さがある。だが、丈夫そうでさっき露天でちらりと見た剣より良いものだという気がする。

「扱えそうです」

「あら、じゃあこれは運命ね」

メアリンは「魔女」と呼びたくなるような雰囲気を、漂わせた女だった。

「わかったわ。おばさま。お代はお支払いします」

「失礼ですが……、私は眼鏡が欲しいのですが、扱っていますか？」

芦原が一縷《いちる》の望みをかけて、聞いた。

目の悪い芦原はさっきから人混みで、浮かれた魚人達にドカドカとぶつかられていた。一度などは、逆上した魚人に蹴られていた。

「視力が欲しいのかい？」

「はい」

「うちの神殿では、あんたのようなヒトの目を入れ替えることもできるよ。しかし、その前にうちの神殿の信者になってもらわないといけない。それと、それなりの寄進がいるね」

中崎はエイキュアの方を見た。エイキュアは少し眉根をよせている。

「まあ、その気になったらおいでなさいな」

その女はエイキュアから剣の代金を受け取り、貴賓席に戻っていった。

「彼女は神殿の巫女よ。高位の魔術使いだから、彼女ができるというのならできるわ。ただ、一般に異種族の手術は難しくて、死ぬ可能性もあるし、神殿に納めないといけないお代も普通よりかさむわ。まあ、詳しい話はあとでね」

そういわれて、中崎と芦原は仕事に戻った。

太陽の端がかすかに欠けた。明るさはたいして変わらない。

そして、儀式が始まった。

貴賓席にいた太った魚人の一人が、この祭りの意義や神の偉大さをあれこれ説いている。お偉いさんのお説教って、この世界にもあるんだ、と中崎は思った。

前の方の連中は熱心に聞いてるが、後ろの方の連中はふらふらしている。

太陽が半ば以上隠れて河原が夕焼けのような赤みをおびて暗くなった。

そのとき、前の方がパッと明るくなった。

魔法の光だった。魔術を使える者達が、神秘的な光を掲げてずらりと並ぶ。

淵の近くにしつらえた仮設舞台で、十名ぐらいが踊っている。何か泳いでもいるような怪しい踊りだ。じっと見てると、何らかのバッドステータスがへばりつきそうな、くねくねとした動きだった。

太陽が完全に隠れると闇に包まれた河原で、太鼓が叩かれ、司祭のリードで呪文の合唱が始まった。

その盛り上がりを中崎は、やや気持ち悪く見ていた。とららと住んでいた家には、神棚も仏壇もない。女神というほどに崇拝したアイドルもいなかった。

でも今は、縛られた罪人がおかれた祭壇に、不用意に誰かが近づかないようにするのが、棒を持たされた彼の役目だった。要はイベントの警備員。太陽が再び姿を表す頃に、罪人は司祭の祈りとともに、淵に投げ込まれる予定だった。

闇の中、後ろの淵で、何か大きな水音がした。

常ならざる気配に振り向いた中崎は、暗闇の中で巨大な何かが蠢いているのを見た。

魔法の光に照らされて、のたうつ緑の触手が罪人をつかんでいる。

「ひぎゃあああーっ!!」と、中崎は絶叫した。

触手はそのまま罪人を淵に引きずり込んだ。何かが沈むような水音がして、何も見えなくなった。

同じく祭壇の近くに侍っていた祭司が、声高く叫んだ。

「おお、我らが神！　偉大なる夢見る者よ!!　神は今ここに現れたのだ！　眷属である我々のために！」

周囲で人に似ているが、人でないもの達が歓喜している。

怒濤の歓声と呪文の合唱の中で、中崎はひざまずくかのように、地面に手をついた。

——この世界の神とはああしたものなのだ。

この幻想的な世界は、自分の夢じゃないかと思っていた。

仕事で疲れて、少し長い夢を見ているだけなのだと。

でも、バイトが一人やめたぐらいで、あんなものを夢に見てたまるか。これは誰の夢だ。芦原の夢か。悪趣味なVRゲーム制作者の夢か。エイキュア達のいうとおり、あの神の夢か。その信者の夢か。それともただただ「現実」なのか。

もしかして、あれこそが芦原のいっていた「この世界に来る直前に見た緑の怪物」なのか。

日蝕が終わり淵の周囲が明るくなっても、中崎は立ち上がることができなかった。


祭りの翌日の中崎達の仕事は、魚人達の群れが去った後の河原の片付けだった。

くたびれきった中崎と芦原とは対照的に、エイキュアは上機嫌だった。

「お祭り大成功！　あんたたちもよくやったわ。特に中崎！」

「……どうも」

魂の抜けたような声で中崎が答える。

「ほら、あんたの叫びでみんな祭壇に注目したでしょ。だから、畏怖すべき神の訪れをみんな共有できたの」

――あの場の皆が見たがっていたというのか、アレを。

「この短剣は、あんたに授けるわ。これからも、神の僕《しもべ》としてがんばってね」

「……ありがとうございます」

この剣は結局貸与と贈与のどっちなのだろう。自分自身がエイキュアの所有物なんだから、どっちでも同じなのか？　日本の感覚で、所有権の所在を追及しても仕方が無いな。

「明日からは、草刈りじゃなく、洞窟や山の方を歩きまわって、お宝探しをするわ。この辺りには昔、神殿だけじゃなく神官の住居や商店とかもあったらしいの。さらに、選ばれた者しか入れない、秘密の神殿まであったって」

「……わかりました」

「芦原、あんたもがんばるのよ。すてきなお宝を見つければ、目の手術代だって出せるわ」

その日の夕食は、祭りの市で買ったという、小さなリンゴに似た果物つきだった。

遠くで何かが啼いている。いつもの「緑ケ淵」の夜だった。いつものように、使用人小屋で寝る前に少し話をする。

「おまえは、短剣がもらえてよかったな」

「まあ、もっと働けということだからな。そういえば、おまえはあの神を見たか」

「遠くだったから、僕にはよく見えなかったな。気配は感じた。……人を水底へと連れ去ったというなら、なるほど畏怖すべきものかもしれない」

「アレは見られなくて幸せだ。……そういえば、おまえはこの世界に来る直前、緑の怪物を見たといっていたな」

「ああ。だが同じものかどうかはわからない。エイキュアの口ぶりからするに、この世界では神隠しは、時たまあるんだろうな。緑の淵の神は、蛇神だの、猿神だの、熊の姿をした神だのといった、動物神だろうか。野生生物の獲物になったというだけの話が、神隠しの正体だったりしないか？」

「動物だとしても、大王イカより大きい化け物だ。しかし、おまえは詳しいな。」

「フフ、趣味やデバッグで、色々なゲームをプレイしてきた。神話や伝説を元にしたゲームってよくあるんだ。何種類のオーディンを見たか忘れるぐらい。そして、たくさんの怪物を弓や剣で倒してきた。……でも、今は何もできない」

芦原は自嘲するように笑った。中崎は元の世界に帰れるように願おう、と励まそうとした。だがこちらの世界にきて三〇日は経ったことを考えると、むなしい願いなのかもしれない。自分の遺体は日本で火葬にされたのだろうか。そもそも、見つかったのか。

「……エイキュアは、今夜もあの神に祈ってるんだろうな」

「僕たちも祈ろうか。この世界で無事に過ごせるように」

「……そうだな」

中崎は口では同意した。

――「あれ」に祈ってはいけない。祈った瞬間に自分は闇の中で異形の神に狂喜乱舞していた魚人どもの一員に堕ちるのだ。

外から鍵のかけられた部屋で、枯れ草の寝床に中崎は身を沈めた。窓の外から遠く夜鬼どもの声が聞こえる。

その日、夢を見た。

この世界に来る日に見た、銀色のＵＦＯの夢を。

祭りの日から大分経ったある日のこと。中崎達は、エイキュアに連れられて、徒歩で神殿のある海辺の街に来ていた。

大理石などのつややかな石材と色ガラスを組み合わせた、異国情緒あふれるきらびやかな街だった。柱や壁のそこかしこにうねる曲線模様や何か生き物の姿が彫刻されている。

都会というと、シンプルなコンクリと鉄、透明な板ガラスのビルがどこまでも立ち並ぶ日本。それになれた中崎の目には、この街の装飾の豊かさは古い西洋の教会のように、そして色彩の派手さは日光東照宮のように、異質で威圧的にうつった。

エイキュアは集めた遺物を、似たような品が並べられている商店に持ち込んだ。石そのものだけではなく、刻まれた意匠や呪文にも価値があるらしい。

商店の後で神殿に向かう。中崎は従者用の小部屋に通されて、ここで待つように言われた。

芦原とエイキュアが儀式の間に向かうのを見送った。

椅子のない部屋で床に座って待っていると、エイキュアだけが戻ってきた。

今夜はこの神殿の信者用の客室に泊まるのだという。エイキュアは信者用の部屋で、中崎はこのまま従者用の部屋だった。

中崎にはこの世界に来て、初めての個室だった。

隣に寝ている誰かを気にしないですむ。その自由がまずはうれしかった。

朝、薄暗い神殿の奥の扉からメアリンに手をひかれて、ゆっくりとした足取りで芦原が現れた。

その目はエイキュア達と同じ金色の瞳だった。

「……!!」

中崎は息をのんだが、何かいいたい気持ちを抑えた。

「この瞳にびっくりしたかい？」

中崎は黙ってうなずいた。

「……それにおまえの左腕の腕輪が違うな」

その質問には芦原ではなく、メアリンが答えた。

「ああ、この腕輪は我らが一族の証さ。今後はエイキュアの従者ではあっても、様々な権利が与えられることになるね。詳しくはエイキュアに聞くといい」

「僕が自分で選んだことだから、君は心配はしなくていい。この目はとてもよく見えるよ。世界の解像度が新ハードになったかのようだ」

「すてき！　手術が成功したのね。おめでとう」

エイキュアが祝福した。

「エイキュア、君の顔もよく見えるよ。君はとっても美人だったんだね」

「あらあ、結婚できる身分になったら、早速なのね」

メイリンがクスクスと笑う。

「ちょっと、調子に乗らないでね！」

エイキュアが、ちょっと怒ったようにいった。

用をすませて神殿を出た後、エイキュアはにこやかに芦原に声をかけた。

「目がよく見えるようになったのなら、剣も使えるわね。なじみのお店で買って帰ることにするわ」

「ありがとう。弓矢も使えるかどうか試したい」

並んで歩く芦原とエイキュアの楽しげな様子を、街でのデートっぽい雰囲気だな、と、中崎は一握りの孤独感とともに見つめた。一歩後ろから。

もしかしたら、芦原のあの金色の目にはエイキュアが、愛らしい美少女に見えるのかもしれない。エイキュアの側にしても「同族の男」となるのだろう。

芦原は、もう帰れないと覚悟を決めて、この世界で「転生戦士」になるつもりなのだろうか。異世界の神に呼ばれた者として、人外の力を得て、魔物と戦い、異種族の女と恋に落ちる。

そんなゲームを少年時代に芦原とプレイしたことがある。

学校の連中と放課後にそれぞれの自宅から、ネットゲームの異世界に接続した。黄色い花びらの舞う高解像度の風景の中を、爪の色までカスタマイズできるアバターで駆け回った。ツタの絡む古代遺跡の百層はあるダンジョンの奥で、モーションキャプチャーで取り込んだ動きも優雅な妖精の女王から、限定アイテムである魔法の剣を授けられ、テクスチャーの細部までリアルに描き込まれたモンスターを次々に倒した。それぞれ別の家で、だったけど、夜遅くまでみんなで盛り上がった懐かしい思い出だ。

——日本に帰りたい。

一つだけの月。ありふれた田舎町の大型ショッピングモール。テレビやパソコンや携帯端末。それらに流される大量のコンテンツ。映画、ゲーム、マンガ。見きれない、遊びきれない、そして読みきれない。その中からヒーロー映画を選んで、ロボ猫のとららと楽しむ週末。昼飯はデリバリーのチーズのよくのびるピザとコーラで、おやつはプラスチックカップに入ったカラフルなパフェや紙のように薄いポテトチップス。

そして実家の両親からかかってくる、庭にひまわりが咲いたとかいう世間話の電話。

ここではたんぽぽの一輪すら、目にすることはできない。

いつになったら、ここからログアウトできるのか。

異様な色彩の街の海辺を三名で歩きながら、中崎はぎゅっと拳を握った。

金色の目を得てからの、芦原の活躍はめざましいものがあった。短剣で食屍虫狩りをし、クロスボウで夜鬼を追い払う。休日はアクションゲームで大活躍していたという話は、なるほど本当だろう。

芦原の目はたぶん、自分の目より見えるんだろうな、と中崎は思った。最後に測った視力は一・二だった。

「このまま夜鬼どもや食屍虫が減ってくれれば、村に住むヒトも増えるかもしれないわ」

しかし、エイキュアはなぜ、危険な淵の近くに独りでも神の巫女として住もうという覚悟なのか。

森の奥の魔女というのは、よくあるメルヘンだが、正直そういう生活をしたいという気持ちは、中崎にはわからなかった。独り暮らしでも孤独じゃない、中小企業の職場と近所の飲食店が懐かしかった。

中崎達はやがて、この淵の近くに何年も住んでいるエイキュアでさえも知らない、洞窟の奥へとたどり着いた。

足下には見慣れない文明の産物が散らばっていた。鞄やライトのようなもの。文字を書いた石板。エイキュア達の文化とは明らかに違うものもあった。それらを「お宝」として袋に詰めながら、中崎は日本語が書かれた品物がないかと必死に探す。アルファベットらしきものが書かれた瓶は見つけたことがあった。自分と同じ異世界から来た人の持ち物だったか、品物だけがここへ持ってこられたのか。

三名で奥へと進むと、暗闇に夜鬼が数体座り込んでいた。

気づかれたのか、相手が身動きしたのがわかった。

間髪入れず、エイキュアが強い光で辺りを照らす。芦原がクロスボウの矢を射かけ、一体に命中した。後は三人で短剣を振るっての戦闘となった。

手傷を負わされた夜鬼達は、怒りらしきものを身振りで表しながら、洞窟の脇道へと逃げていった。

かつて夜鬼に襲われた芦原は、ざまあみろといいたげな表情だった。

「すげえ。あいつら門番だったのかな」

中崎はライトに照らされた洞窟の姿に驚いた。

何か一面に模様のある金属製の扉があった。規則性があるので、この装飾は文字なのだろう。

「すごい発見だわ。この文章については、神殿の司祭達に聞けばわかるかもしれない」

エイキュアはライトをくわえて、スケッチブックを広げ、模写を始めた。

「あんたたちは先に行っていて。夜鬼がいたら、適当に追い払っておいてね」

扉は人が一人ずつならすり抜けることができるほどに開いていた。きちんと閉じていないのは、何かの不具合だろうか。

中崎と奥へと滑り込むと、明らかに人工的に整えられた、白く美しい階段が下へと続いていた。

恐る恐る二人で降りると、いきなり市立の体育館ぐらいはありそうな広間に出た。

そこには銀色の貝殻のような乗り物が置かれている。

奥に広い出口があり、天然の光が差し込んでいる。火山のカルデラに通じているようだった。ここから空へと飛び立てるのだろう。

「うわっ！　これは!?」

中崎の記憶にある造形だった。

「もしかして、これ飛行船か？　戦車かな」

「……芦原、おれはこの船の運転方法を夢に見たんだ」

「君が自動車を運転する夢をいくら見ても、無免許運転にしかならないよ。まずはエイキュアに知らせないと」

しかし、中崎は魅せられるように、光るスイッチをタップし、扉をあけた。ためらっている芦原を置いて、船に乗る。

運転席と思われる場所に座り、夢の通りに操作する。船はぐらりと浮いた。もう一度操作すると、銀の船はゴトッと着地した。

「ほら、やっぱり、この船を俺は動かせるみたいだ」

「ちょっと雑じゃなかったか」

芦原はかなり離れたところから、もう一度近寄ってきた。

「すごい。きっとこの船で元の世界に帰れる」

「地球がどこだかわかるのか？」

中崎の興奮に水を差そうとする芦原の声。

「帰りたいと願えば帰れそうだ」

「おい、中崎。それは、あまりに無謀じゃないか。この船が宇宙船か飛行船かもわからないのに。なあ、ここでエイキュアと一緒に暮らしていこう」

芦原はなだめるようにいった。

「おまえも日本に帰りたいって思っていただろ!?」

「これで帰れると本気で思ってるのか!?　ここが同じ銀河系かもわからないのに」

芦原も珍しく、感情的に叫んだ。

「だったら、おまえはここに残れよ。おれは帰る」

中崎は、奴隷の身分の証である、左腕の腕輪を外そうとぐいっとひっぱった。しかし、やはり力では外れなかった。

「あきらめろよ」

中崎は芦原をにらんだ。しばし沈黙が落ちる。

「あら、すごいものを見つけたわね。夜鬼はここを守っていたのかしら」

エイキュアが遠くから歩いてくる。その姿を見て、中崎は急いで銀の船に乗り込もうとした。その左腕を芦原に強くつかまれる。

「エイキュア！　こいつを止めてくれ！　こいつはこの船で、元の国に帰れると信じているんだ」

「えっ？　帰る!?　バカなことはやめなさい！　この船はお宝として、街の神殿に引き渡せばいいの。きっとすごいご褒美がもらえるわ。そうよ、あんたたちは神様に従い生きるべきなのよ」

芦原がエイキュアに視線を向けた隙をついて、中崎は全身の力を込めて、芦原を蹴飛ばした。芦原は地面に倒れたが、すぐ手をついて起き上がり、短剣をスラリと抜いた。

中崎も同じく短剣を両手で握り、防御の構えをとった。芦原は片手で剣を握り、腕を伸ばして胸元を狙って突いてきた。その攻防を数度繰り返した後、芦原の剣が中崎の肩に数センチほどの深さの傷を負わせた。

「ウッ!?」

中崎はそれでも剣を離さない。

「中崎！　もう、動かないで！」

エイキュアは弓に矢をつがえて、中崎の心臓のあたりを狙っていた。

中崎は短剣を床に落として、両手を挙げた。

「アハハ、それでいいわ」

芦原とエイキュアが油断した一瞬をついて、中崎は、後ろへ駆けた。銀の船のドアを開く。

斬り合う内にさりげなく、船の扉近くまで移動してきていたのだ。

扉が閉じるわずかな瞬間に、芦原だった者の金色の目を一瞥して、言葉を投げる。

「おまえはあの神の夢として、夢見ればいい」

閉じた船の扉が叩かれる。

急いで空へ飛び立とうと、夢で見たとおりの操作をする。

「うわっと！」

船はギュン、と加速し中崎は前につんのめった。

山も川も急速に小さくなり、操縦席の窓から見える空はゆっくりと暗くなっていく。いずれ星が見えてくるだろうと思って、中崎は前を向いた。

中崎の左腕で、眷属の証である腕輪の石が、何かの目のように光った。

調査隊

浅尾　典彦

移住計画

背もたれを倒したリクライニングシートに身をゆだねて、窓から見える宇宙空間の光景をぼんやり眺めている。大気に邪魔されない満天の星々が、ひしめくように見えている。

腕を伸ばして天井のタッチパネルを操作すると、横にある小さなハッチが開き、細いチューブが降りてくる。寝たままでそれを口に咥《くわ》えてゆっくり吸うと、チューブを通してカフェオレがゆっくりと口の中に流れ込む。オレの好みに合わせたブレンドでちょうどいい。ホッとする。

「本当に、ここまで来てしまったんだな」

口の中に広がった幸せをごくりと飲みこみながら、オレはぼんやりと考えていた。

眼下に月が見えている。

オレの名はパトリック狩沼。国際惑星探査チームのメンバーの一人だ。今は、探査船「オデッセイＮＢ－２」に乗っている。

現在「ＮＢ－２」は、α星に向かっている。

α星と言ったが、本来は恒星間天体ということで長たらしいアルファベットの記号が付いた名前なのだ。ただし一般的には太陽系の惑星にプラスアルファが出来たということでα星という名前で呼ばれている。

もっともα星は太陽系外から飛来してきたのではない。突然太陽系に出現したのだ。あり得ない事なのだが実際にそうなのだ。

オレがこの宇宙船に乗っている事情を説明しよう。火星での「テラフォーミング計画」の失敗から三年。相変わらず地球環境は悪化し続けており、人類は何処かに新たに居住可能な惑星を探すことを余儀なくされていた。

一時は〝宇宙戦争〟とまで呼ばれていた対立国同士の宇宙開発競争もやがてそれぞれ限界を感じ、表面上は手をつなぎ合って一緒に「共同探査」とやらをしはじめていた。

月の近くに浮かんだ「ＩＳＳ国際宇宙ステーション」（通称リンクス）はそれの象徴とも言える。もっとも今のところテストケースのコロニーにすぎないので、少人数しかそこで生活できない。今居住しているのは一部の科学者、エンジニアとその家族だけだ。

人類にとっての地球環境の寿命のカウントダウンはすでに始まっている。

人類がちゃんと定住できる「植民計画」が組める星をどうしても探さないといけないのだ。

国際宇宙開発推進機構は毎年、火星、金星と地球に近いところから候補を挙げては調査していたが、問題が山積みでなかなか進展しなかった。太陽系にあるどこの星でも改良に莫大な資材と資金が必要だし、第一に安定させるのが難しいのだ。生きるための条件がタイトすぎる。人間も含めた生態系というのは偶然が重なって出来ているんだという想いを強くする。

一時は、太陽系を離れる事も考えたのだが、多面的に研究した結果、太陽エネルギーの恩恵は予想以上に大きく、やはり人類は太陽系から遠くへは離れられないと判明してきた。

各国が他の惑星への移住をあきらめかけていた頃、突如、太陽系の惑星軌道に割り込んできたのがα星だった。「太陽系外から飛来した恒星間惑星としては史上最大」と一大センセーションとなった。

さきほど言ったように実のところその惑星は太陽系外から飛来したというよりも突然太陽系の惑星軌道に出現したと言った方が正しい。惑星ごと亜空間転移してきたのではないかという説もあるが、確かめようがない。

とりあえずα星と一般に呼ばれるようになったその惑星はまるで元々太陽系にあったかのように出現し、しかも他の太陽系惑星の公転軌道が乱されることはなかったのだ。

「気づいたら後ろに立ってました」ってやつだな。

国際宇宙観測庁はトップの不倫による辞任騒動のゴタゴタで観測データは上がっていたのに誰もそれをチェックしていなかったのだ。民間の〝宇宙マニア〟からの連絡で初めてその存在を知って、慌てて正式発表したがその時はみんなもうすでに知っていたんだ。

何故、こんな事まで良く知っているかというと、色んな業界の内情をチェックするがオレの仕事だからだ。フリーランスなので、まあ請負なのだが……。

頼まれて環境調査もかなりやった。だから国際宇宙観測庁の情報は表もウラも筒抜けなのさ。もっとも必要以上に何でも突っ込んでしまうのは、爺さん〝狩沼京太郎〟の血なのかもしれないな。

α星は、太陽系の他の星の公転とは関係なく動いている。発見当初はα星が地球や月を直撃するのではないかと噂が立ち人々を怯えさせた。

しかし、アメリカの宇宙物理学者カール・フォン・デニケンJr.がＡＩを使って計算し、衝突の危険性はほとんどないという公式見解が出された。

人々はほっとしたようだったが、大きな問題は残ったまま。地球は環境汚染が進んでいて大変な事になっている。〝惑星衝突〟はなくとも人類はすでに滅亡の危機に瀕しているのだ。

半信半疑であってもα星の軌道の安全が担保されると、そこは所詮人間だ。今度は各国で〝α星ブーム〟が起きはじめた。どんな星かまだ誰も知らないのに。

やれ、「観測セット」だの、やれ「記念ステッカー」だの、特集番組やニュースのコーナー、〝α星を見る会〟や〝お迎えコンサート〟など、ばかばかしいものが多かった。でもまあ、その頃にはどの国の政府も対策に本腰を入れはじめ、とどのつまりが新たに計画された「α星への移住計画」だ。〝人類最後の望み〟とか言ってα星に期待をしたのだ。

世界の大手の不動産関係の会社で作っている連合が共同出資して、環境調査のためすぐに探査船「オデッセイNB」を乗せたロケットが「宇宙の玄関口」と呼ばれている種子島宇宙基地から打ち上げられた。だが、信じられない事に大気圏内で大爆発を起こし、パイロットや世界的な科学者と莫大な資金を失う大惨事になった。

「反動分子によるテロ工作だ」との噂も立ったが、検証結果は〝システムの不備〟ということで片付けられ、責任ある立場の役職の人の首が何人か飛んで終わりになった。

しかし「α星への移住計画」自体が頓挫する事はなかった。

新たに今回「国際探査チーム」が再結成されて、改めてα星探査へと出発する事になったと云うわけだ。

オレも探査員の一人で、情報収集や記録係を担当する事になった。わざわざお迎えのシャトルが来て、一旦「ISS国際宇宙ステーション」まで行かされた。そこで最後の訓練を受け、やっと、昨日、「ISS24《リンクス》」からα星に向けてこの「オデッセイNB－2」で飛び立ったというわけだ。

ミーティング

数時間の仮眠の後、オレ達探査チーム十一名は全員呼び出され「オデッセイNB－2」の中央にあるミーティングルームに集合させられた。

一同がテーブルに着くと、真ん中に座っていた大柄な男が立ちあがった。彫りが深い顔に手入れされた顎鬚《あごひげ》がびっしりと生えている。口元は笑っているが、モノを見るような冷たいまなざしでチームのメンバーたちを見渡していた。

「急な決定で〝リンクス〟から出発して四十八時間が経った。前回の痛ましい事故を乗り越えて、我々は無事「リンクス」を出発し、途中、小惑星帯《アステロイドベルト》を通過する時には少し軌道修正と電波障害を伴ったが、現在は、安定したエリアに入り、オートパイロット運航に切り替わった。今のところ順調に運行中だ」

みんなこの男に注目している。

「私は本隊の隊長で、この探査チームの総指揮を務めるノーマン・グルンワルド中佐。イギリス第一宇宙軍・第二部隊の所属だ。全員が顔を合わせるのはこれが初めてだと思うが、みんな経験豊富なプロフェッショナルの集まりだ。これからよろしく頼む」

「よろしくお願いします！」

探査チームのメンバーはみんなそろって挨拶する。

「これからは、持ち場が違うのでみんなで顔を合わせる事もほとんどなくなるだろう。この機会に一人ずつ自己紹介して欲しい。時計回りに頼む」

胸板の厚い白人が立ち上がった。

「承知しました。私は副隊長で本プロジェクトの計画責任者　アルバート・タッカー。アメリカ人です」

「タッカーは私の右腕だ。私が外している時は彼の指示に従って動いてくれ」グルンワルド中佐が彼を指さして付け加える。

「私はピーター・オッズ。同じく副隊長です。この船の事は何でも聞いてください。あ、オーストラリア出身です」

次は金髪でスタイルの良いメガネをかけた女性。

「通信係・医療担当のステルベン・ミーシャです。みなさん、体調は如何ですか？」

「大丈夫です」

金髪美人の質問にみんな一斉に答える。

「宇宙酔いの酔い止めはみなさんの部屋のダッシュボードの中です。何か気になることがあればいつでもコンタクトしてくださいねー」

「ミーシャはＩＳＳ24の専門医でもある。みんなが現地で調査に出かけてもここでＧＰＳや通信装置で足取りをチェックしているし、同時に健康チェックもしているよ。彼女がいればひと安心だ」

副隊長のピーター・オッズが口を挟む。

「あ、私はロシア系カナダ人です。みなさんよろしくお願いします」

みんな彼女のクールで美しい顔だちに見とれている。

「パイロット兼エンジニアのアードマン・バンシーです。機材のメンテナンスもしています。インドのデリーの出身です。よろしくお願いします」

「彼は成績優秀なパイロットだ。頼りにしているぞ」

「はい。隊長のご期待に応えられるよう頑張ります」

バンシーは隊長に向かって敬礼して見せた。

「隣の女性は、私の秘書兼データベースの管理をしてもらっているシャン・シーだ」

「シャン・シーです。よろしく」

「続いてこちら側が探査隊の実働チームだ。君から頼む」

オレに振って来た。

「はい、調査・記録を担当するパトリック狩沼といいます。日本人です」

「狩沼君は優秀な調査レポーターということで、今回のプロジェクトのスポンサーである団体からの強い推薦で参加して貰ったのだ。よろしく頼むよ」

「はい、よろしくお願いします」

「次は、となりの君だ」

グルンワルド中佐はオレの隣の黒人を指さした。

「オレはデニス・Ｌ・ジャクソン」

男はぶっきらぼうだ。

「担当を言いたまえ」

「エンジニアと探査に関する実作業です。いつもは下の機関室にいます。あまり喋るのは得意じゃないんで……」

「キミもたしかアメリカ人だったね。よろしく頼むよ。デニス君」

不機嫌そうな男にアルバート・タッカーが補足する。

「おいらはハリー・ヘルナンデス。機関士助手と作業です」

「キミはプエルトリコの出身だったな」

隊長が資料を見ながら聞く。

「そのとおりっす」

「では、次は隣」

「ロキ・イグナシウスです。ロキと呼んでください」

「キミは資料によるとインドネシア出身のようだが」

「はい、探査の実働隊員として雇われました。よろしくお願いします」

「よろしく」

「そちらの方は？」

「私は調査と分析を担当しています。アムジャド・ハズネダルオール・ハミド。トルコの出身です」

「という十一人の国際チームだ。よろしく」

「よろしくお願いします」

シャイな一人を除いてみんな挨拶する。

「紹介が終わったところで本題に入ろう。アルバート君」

「はい」

隊長から替わった副隊長のアルバートがタッチパネルに触れると、テーブルの真ん中に地球からα星までの航路地図が３Ｄグラフィック映像として浮かび上がる。

地球とα星の映像模型はゆっくりと自転をしており、「オデッセイ」の宇宙飛行計画が緑の航行線としてホログラフ上に記載されている。

「今、我々の「オデッセイ」はこの地点を順調に航行しています。ミニワープを後二回繰り返し、およそ十二時間でα星の重力圏内に入ります」

立体画像はα星の着地画面に切り替わる。

「α星の重力圏内に入ったら第一宇宙速度まで落とし、逆噴射と重力バラストの調整をしながらE地点第三区分の「夜の海」付近に着陸し、ベースを作ります。通信機能などを確認しつつすぐに探査を開始。大気の存在は確認されているので気温、電磁波の程度、放射能、付近の地質をボーリングしその成分採取、大気はカプセル吸引法などでサンプル採りしたものを電磁解析でガスクロマトグラフィー成分分析機にかけて詳細を分析します。実験班は現状環境で新たな水分の生成が可能なのか、混合酸素の溶け込み率の実験をしてください。

選抜された調査チームはスペースバギーで丘陵地帯通称〝ビーナスの丘〟を抜けて、好物資源があると云われる〝ヘレンの髪飾り〟と呼ばれる櫛形渓谷の実地調査をして戻ります」

資料画像は次々と切り替わってゆく。

「今回の主な目的は、人類が長期的に生存可能な環境なのかデータ取りと資料作り、産業発展可能かどうかの埋蔵資源に関する基礎的な状況の確認だけ。全二日の行程で動きます」

次にピーター・オッズが「シャン・シー。例のものを」と言うと、秘書はうなずいてパネルを操作する。今度は各自の目の前に長ったらしい数式が浮かび上がる。

アルバートが説明を続ける。

「人類が生存するためには、ご存じのように地球と同じような環境づくりが不可欠です。地球からの分光解析によれば放射能の可能性は低いとされています。呼吸できる大気があれば、あとは人類が居住できる環境に一番大事なのは水です」

「その問題は、すでに解決されているのだね」

隊長は決まりごとのように質問する。

「その通りです。火星での『テラフォーミング計画』の副産物として我々は水を大量に生産する技術を開発しました。一枚目がその化学式で、スクロールして見られるのが、酸素を取り出す式です。これを二酸化炭素、窒素と混ぜて混合ガスを作ります。地球と同じ大気の準備というわけです。これには以前のシステムをさらに改善した技術を導入しています」

「どのぐらい改善したのかね？」

「はい。計算上ではありますが当初のシステムよりおよそ十倍以上の速度で大気の生成が可能になるはずです」

「なるほど、では水、大気の問題はクリア出来そうなのだな」

隊長と副隊長による、シナリオを読むような答弁の様子を他の隊員たちは無言で聴いている。

アルバート副隊長の長い説明が終わると、またグルンワルド中佐が話しだす。

「次は新しいバギーについての説明だ。設計者のアードマン・バンシーくん」

デスク上の立体モニターにスペースバギーの設計図がワイヤーフレームで浮かび上がった。

「スペースバギーは今までも良く使われていましたが、今回は改良型です。タイヤをご覧ください」

図面でタイヤ部分がアップになる。

「従来のタイヤですと、シャフトとの関係でおのずと登板角度に限界がありました。そこで考案されたのが今回のボール式超電磁タイヤです。これは複数のボール状のタイヤの上に車体が乗っているものです。ボールの中にはそれぞれにモーターと電磁石が入っており、それぞれが発生させる磁力でのみ結合しています。そのため走行する場所の形状によってボールの配列が自由に変化し、いかなる形状の処にも対応できるのです」

「今回はこれを使っての探査もやる事になる」

「はい。操縦に関しては従来のとおりです」

バンシーは説明を終えると手を合わせて拝んで座った。

「よし。それ以外の行動計画は出発直前に配布した資料通りだ。注意点と法律上の権利、保険は各自のプログラムを読んでおいてくれ。細かな質問があれば、まとめてアルバートかシャン・シーに投げれば返すようにする。あと、作業効率が良くなるようにこのチームを二つに分ける」

グルンワルド隊長は指示を進める。

「指揮関係の私、アルバート、シャン・シーは〝Aチーム〟。実働部隊のパトリック、デニス、ハリー、ロキ、アムジャドは〝Bチーム〟。運航のピーター、通信のミーシャ、アードマンは居残りの〝ベースチーム〟だ。ではチームごとに分かれてミーティングをした後、各自それぞれ持ち場に戻って、着陸とその後の調査作業に備えて準備をしてくれ。このプロジェクトは人類の未来がかかっていると言って過言ではない。キミたちの行動が未来を作るのだ。良い働きを期待している。では解散」

「はい！」

みんな立ちあがりチームごとに分かれて別室へと移動して行った。

Bチームのミーティング

〝Bチーム〟の再集合場所は、一階下の食堂だった。

「しかし、さっきの顔合わせだが何だよあれ。また面倒な仕事は全部こっちに背負わせようって魂胆がミエミエだ。まいったよな、ハリー。またオレたち重労働だな」

大柄で声も大きい黒人のデニスが愚痴を言う。

「そのとおり」とハリーが返す。

「また、と言うと前回も？」

オレは聞いた。

「ああ、日本人のあんちゃんか。たしかパトリックとか言ったな」

「パトリック狩沼です。今回初めて参加します」

「だよな。そりゃあ知らないはずだ。そうなんだよ、オレとハリーは『テラフォーミング計画』の時も駆り出されてな。グルンワルドたちが急にやって来て「キミたち今から作業をしてくれ」だと。それまで何も聞かされないままにだぜ。参ったよ。な、ハリー」

「そのとおり」とハリーが返す。

「オレたちゃあ肩書きはエンジニアだが扱いは所詮使い捨ての労働者さ。いつもグルンワルドら白人が威張ってやがる。給料だってグルンワルドやアルバートたちの方がオレたちの何倍ももらっているんだぜ。こっちの作業の方が危険だってのによ。危険手当もないんだ。で、都合が悪くなりゃあ、いつも首を切られるのはオレ達だ。なあ、ハリー」

「そのとおり」

「へへ、ハリーは「そのとおり」しか言わないんだよ」

「そのとおり」

ハリーはいつも水蒸気の煙が出る宇宙たばこを咥《くわ》えてしかめっ面をしている。気が小さいのか気難しやなのか、人と会っても目を合わせようとはしない。

「ところで日本のあんちゃん。パトリックだっけ」

「パトリック狩沼です」

「日本人なのに変わった名前だな」

「父が日本人、母親はフランス人です」

「なるほどね、何でまたこの船に?」

「父親の友人から頼まれまして」

「ふーん。そっちのあんたはロキだったな」

「ロキ・イグナシウスだよ。実働部隊はいつも大変だね。おいらの爺さんはラマレラ村のクジラ捕りさ。銛《もり》一本でクジラに飛びかかって仕留める〝海の勇者〟だった。おいらは爺さんに憧れて、〝宇宙の勇者〟になりたくて訓練を受けて来たんだー」

「そいつはすげえや。宇宙の勇者と来たか。じゃあ、まさかの時は頼んだぜ」

デニスは冗談交じりで返す。

ロキは洒落がわからず「まかしておけ」と胸をたたいた。

「最後のあんたは」

「アムジャド・ハズネダルオール・ハミド」

「長いなー、言にくいしハミドでいいだろ」

「……」

「イスラム教徒だな」

「そうだ」

「もしかしたら宇宙に来ても時間になればメッカに向かって拝むつもりなのか」

デニスが絡み続ける。

「拝んでいる」

「徹底してるんだな。でもメッカって。つまりは地球ということだろ」

「おい、ちょっと！　グルンワルドの件もそうだが、さっきから聞いていると人種や宗教に絡む話がすぎないか。何故だ？」

オレが聞き返すと、デニスはムキになり一層大声になって答える。

「おい、若いの、よく考えてみろよ。何でオレたちは二チームに分けられてるんだと思う！」

「それが何か？　宇宙の平和と平等を理念に掲げた国際会議で決められた国から代表各一名を選出したんじゃないか？　宇宙航空法の下では誰でも平等なはずだ」

「そこだよ、気づかないか。これは階層社会の差別なんだよ。指令を出すAチームは白人系、実働のオレたちBチームはそれ以外の人種にあらかじめまとめられてんだよ」

「考えが前時代的だな」

意見に対して狩沼が批判的に応えると、デニスはさらに続けた。

「そんな風に考えるから毎回いいようにこき使われているんだ。オレたちは」

「オイオイ、クーデターでもする気か？」

ロキが口を挟む。

「バカ、そんな事はしねえ。地球には女房も子供もいるんだ。オレが言いたいのはここにいるのはみんな同じように、搾取されている側の者たちだから、この際団結しようと言ってんだ」

「愚痴も言い合える仲にというわけか」

「よし、何かあった時は助け合おう。オレたちゃあ、雇われ兵だ。外人部隊なのさ」

「なるほど。たしかに我々は仕事もパートごとでさっき初めて顔を合わせたんだ。しかし、この調査が成功するか否かは本当に実働部隊である我々にかかっていている。確かに我々は同じ船に乗り合わせた仲間なのだ」

落ち着いて聞いていたハミドがうまくまとめる。顎鬚がゆらゆらと揺れている。

「では、我々の安全と結束のためにアラーの神に祈ろう」

「いや、それぞれ自分の神にな」

とデニス。

「それがいい」

オレもロキも素直に祈った。

独り言

ミーティングなのか顔合わせなのか、決起集会なのかよくわからない集まりの後、オレは部屋に戻って着陸後の準備をし、またリクライニングに戻って身体を休めた。

今は暇だが、星に降り立ったらずっと忙しいのが解っているからだ。作業はパートごとだが、最初から最後まで緊張したまま働くのは記録係だけだ。手術に立ち会う麻酔科医みたいなものさ。さらに終わってから資料にまとめて提出する事も業務だった。だから休める時には休む。

この現場は上下関係の気持ちの温度差や人種間の確執のようなものも感じたが、特定の誰ともあまり深くかかわりさえしなければ、飛び火をもらう事もないだろう。こちらは頼まれた仕事を黙々とするだけだ。

ここだけの秘密だが、オレは単に記録係で呼ばれたんじゃない。

オレの本当のボスはウィルキンス浪川。

一時期話題になったネットシステムで億万長者になったカリスマ経営者だ。ウィルキンスは、この「α星調査計画」の『人類移住計画』プロジェクトのメインスポンサーで、「星の知恵財団」とH&AカンパニーグループのメインCEOの一人だ。父親同士が知りあいだったというのが縁で、たまたま次の仕事を探していたオレが呼ばれたんだ。まあ、簡単に言えばコネだな。

会うとウィルキンスは大金持ち特有の自己中心主義を押し固めたようないけ好かないタイプの男だったが、向こうはオレの事を気に行って即採用を決めてくれた。

すぐに別室に連れて行かれ予防注射と健康診断の後、宇宙服とヘルメットの試着をした。α星の重力や環境、業務内容を考えてパワードスーツタイプではないようだったのですぐにα星では力仕事はないと解った。その代わり宇宙服の胸の部分には映像記録のためのカメラが搭載されている。これを着てオレが歩けば、観ているモノすべてを記録するという事だ。サイズ直しと少し仕様変更が入るようだった。ひとしきりチェックが終わるとオレはオフィスに戻された。

几帳面な性格なのか趣味なのか分からないがウィルキンスは別の服に着替えて待っていた。正式な申し渡しを受けて資料収集と記録係としてのα星探査隊員の辞令を受けた。表向きは……。

二週間の訓練の後、また呼び出された。ウィルキンスの本当の目的は別にあったんだ。ウィルキンスからの直接のオーダーは口頭で伝えられた。内容は、α星にある「永遠の命」の秘密を得るため〝鍵〟を探しデータとして持ち帰るというものだった。

　あまりにバカげているので、このCEOは頭がどうかしているのかと思った。何故、誰も行ったことがないはずのα星にそんな情報があると断言できる？　どうやって探す？　そもそも、秘密の鍵ってなんなんだ？

　モノなのかパスワードなのか、情報自身か？　ウィルキンスは〝行けばすべて解る〟と言う。

「星の知恵財団」というのも、かなり昔からあるようだが、けっこう良からぬ噂も聞く謎の組織だ。母体は新興宗教らしい。

　めんどうくさいことは断る主義なのだが、死んだ父親との関係や破格のギャラの提示だったこともあり、オレは割り切って依頼を受ける事にした。本音では宇宙へ行くことも乗り気ではなかったのだが。

　しかし、「秘密」って何を探せばいいのだろう。全く雲をつかむような話だ。それにしても、とかく金持ちは長生きしたがる。

「手に入れたものは必ず持ち帰り、私に直に手渡すように」と言われたな。

　まだ着陸に少し時間がある。オレはまどろみながら、イスラム教徒ハミドの真剣さについても考えていた。

　オレたちからすれば〝メッカに向かって拝む〟ということは、デニスの言う通り〝地球に向かって額《ぬか》づく〃ということだ。そう考えるとイスラム教徒のメッカでなくっても、バチカン市国もピラミッドも、高野山も伊勢神宮だってみんな同じ方向なのだ。地球に向かって拝むんだ。宗教戦争していた敵同士も、宇宙に出ればみんな同じ方向を向いて拝む。いざこざは、所詮あのちっぽけな星の中での出来事なのだ。こうやって離れて地球《ふるさと》を観ていると、何だか人間のやっている事なんてばかばかしくなってきた。

オレは窓から外を眺めながら一人くすくすと笑った。

α星着陸

ＡＩ制御によるα星への着陸は素晴らしく、〝飛行機が香港の空港へ降りるくらい〃にたやすかった。

不慣れなオレだけは少し動揺して心拍数が上がったが、他の者たちは経験豊富なプロばかりなので、特に〝新天地に降り立ったという胸の高まりや感動〃もなく着陸を迎えたようだ。

「出口で綺麗な女の子が首にレイでもかけてくれたらいいのにな」とデニスがつまらない冗談を言っている。

「本当に観光で、ここに来れるようになればいいですね」

みんな準備をしている中、着陸を成功させたばかりのバンシーも胸を張って言う。

α星の気温は摂氏-5℃。地球のちょっと寒い地方程度の居心地だ。

隊員たちは、通信担当のミーシャを除いてみんなすぐに船外活動を始める。めいめいパワードスーツや防護服を着込んで次々に船外へと出ていく。オレも荒涼とした赤茶けた大地に降り立った。

「これがα星か」

緊急プロジェクトでここまで来ているので、デニスの言うような美女のお迎えどころか、Wi－Fiを繋いでネットで「到着の様子」が全世界同時に流れて拍手喝采などもない。帰ってから事後承諾的な発表をする予定らしい。

特殊合金の繊維で固められたスーツを着ていると寒さも電磁波の影響も全く感じない。α星には引力もそこそこあり、バラスト調整機能もオンにしてあるので、月に比べてもストレスなく動けるので快適だ。

作業は分担してすぐに開始された。

オッズとタッカーは、アンテナスタンドを立てて、中のミーシャとの通信回線の確認や電磁波の調査をしている。

「有機物は存在しないようだな」

ハミドは、赤外線反応で付近の生態反応をチェックとガイガーカウンターで放射線量を計測しながらあちこち散策し始めた。

シャン・シーは、水を生成する実験の準備に取り掛かり、グルンワルドはそれをただ見ている。

空気の成分サンプルを採るのはロキの仕事だ。現状ではやはり窒素が中心で酸素の量が全く足りないのだが、成分分析の結果、混合比を窒素78%、酸素21%、二酸化炭素0.035%他に再調整するのは比較的簡単なレベルだという事だと解った。

デニスとハリーのコンビは、相変わらず愚痴を言いながら土壌成分のサンプルを解析するため地中ボーリング検査をしている。

やぐらを組み、重いドリルを落とすと井戸を掘るように垂直に掘り進む。こぶし大の穴を掘りながらすぐに成分データも出てくるので便利だ。地中成分はケイ酸塩鉱物が多く、ケイ素、カルシウムほか、マンガン、少量のマグネシウムも含まれる。場所によればケイ素が結晶状になっているところもあるらしい。

「やっぱりカンラン石中心だな。土壌改良には酸化マグネシウムをぶち込みゃあいい。便秘にも効くしな、へへへ。開けた穴に実験でぶち込んでみるか?」

デニスが聞くと

「ああ、やってみてくれ」

とヘルメットの中にタッカーの声が響く。

「ほいきた、と」

ドリルをいったん引き揚げ、出来た穴にチューブを穴に突っ込み、液状に加工された酸化マグネシウムをドロドロと流し込む。

その作業を始めた途端、〝そいつ〟は突然にやって来た。

α星の冷えた空気を切り裂くように、かん高い金属音の鳴き声がヘルメットの中に響く。大きく耳障りな音が神経を逆なでする。

「何だ？」

みんな一瞬で固まった。思わず作業の手を止めて空を見上げる。赤紫のα星の空に見たこともないものが浮遊していた。

それは、大きな羽根を持った鳥のようにも見えたが、頭はワニのそれに似ている。胸に大きなかぎ爪を幾つも持ち、全身がメタリックに輝きながら空中に静止していた。

「変だ、こいつ生命反応がないです!!」

ハミドが叫ぶやいなや、怪鳥はすごい勢いで滑空しメンバーに襲いかかって来た。ハミドはいち早く伏せて難を逃れたが、怪鳥が衝突した勢いで、地中ボーリングチームのやぐらと機材は倒れて壊れてしまった。あおりを食ってデニスもハリーもひっくり返る。

「わ、ナニしやがる!!　やっと調整したのに」

デニスはうつ伏せになったのですぐに起き上がれたが、天を向いたままのハリーはパワードスーツの構造上そのまま起きられなくなって足をバタバタさせた。

怪鳥は一度空に舞い上がると、再び勢いをつけて降りてきた。人間の行動を邪魔するかのように、次はシャン・シーの実験キットに襲いかかる。グルンワルドは身をかわし逃げてしまった。シャン・シーは怒って、生成したばかりの水が入ったボトルをわしづかみにすると、怪鳥に向かって投げつけた。ボトルはメタリックに輝く怪鳥にクリーンヒット。ボトルが割れて中の液体が怪鳥の身体に浴びせかけられた。

その途端、怪鳥は火花を散らしながら空中で全身が分解し始めた。

「分子結合が崩れたんだ」とハミドが叫ぶ。

怪鳥は、気味悪い断末魔の金属音とともに地面に墜落した。死骸を採取したが、すでに原形をとどめておらず金属塊のパーツに細かく割れていた。それらは鉱物質の塊であり、石英か何かの結晶のように見えた。

「みんな大丈夫だったか？」

グルンワルドがやって来て全員の安否を確認した。

「今のは一体何だったんだ？」

デニスが驚いて聞く。

「ともかく一度中へ」

メンバーたちは一度船内に戻ることにした。その一部始終をオレのスーツが撮影していた。

想定外の出来事が起こったので全員集合してミーティングルームで緊急会議になった。

ハミドたちは「ここは危険だ、命が惜しいので調査を切り上げて帰ろう」を強く主張したのだが、シャン・シーは「契約で、何らかの成果を持って帰らねばみんな首になり報酬は無しになります」と突っぱねた。グルンワルドは「怪鳥には弱点があり水をかける事で退治できた。対策は出来るだろう。保安のため、他にもα星に危険生物がいないかを確認する事が今の最重要課題だ。予定を繰り上げて周辺五〇キロ圏内の探査ツアーを決行する。これも契約にある調査のひとつだ」と強引にスペースバギーでの実態調査を指示した。

武器を所持するとの条件でも命を落とす危険があるのだが、みんなもう逆らえない空気になっていた。シャン・シーが危険手当として報酬を倍にする事を条件に出すと、デニスたちはとたんに喜んで「怪物をとっ捕まえて宇宙サーカスに売ってやる」と逆に鼻息を荒くした。

スペースバギー

「NB－2」に居残ることになった副隊長ピーター・オッズ、通信係ステルベン・ミーシャ、パイロットのアードマン・バンシーを除いて、それ以外のメンバーは二台のスペースバギーに分乗して出発することになった。

「スペースバギーβ《ベータ》」にはAチームの隊長でもあるピーター・グルンワルド、副隊長アルバート・タッカー、シャン・シー、ロキ・イグナシウスが、「スペースバギーγ《ガンマ》」にはBチームのデニス・L・ジャクソン、ハリー・ヘルナンデス、アムジャド・ハズネダルオール・ハミドそしてオレが搭乗した。

二台のバギーがα星の丘陵地帯「ビーナスの丘」を抜けて「眠りの谷間」と呼ばれる辺りを通過しかけた時、巨大なクモのような怪物が現れた。三メートルはあろうか。足が何本もあり顔はネコに似ていた。そいつがものすごいスピードで走って追いかけてくる。

「スペースバギーγ」を運転していたハリーはクモに驚いてハンドルを切りすぎ、でこぼこした丘地に入り込んだ。車体をバウンドさせながら走って逃げたが、揺れた拍子に車体からハミドが投げ出され転げ落ちてしまう。とっさにハリーはハンドルを回したが、スピンして横方向のアリジゴクの巣のようなすり鉢状のくぼみに突っ込んでしまい動けなくなった。地面の強い磁力によりタイヤが捕らわれたのだ。

一方、それを見たグルンワルドたちの「スペースバギーβ」は、γを見捨てて逃げてしまった。すると、動くものを追う習性があるらしい巨大グモはくるりと方向を変えてβの後を追いかけていく。

スペースバギーγ

クモがいなくなった隙にオレと、デニス、ハリーは「スペースバギーγ」を乗り捨ててハミドを探し周ったが、見つけることはできなかった。

「このままでは全滅する。クモが帰ってきたら終わりだ。ハミドも心配だが、一旦どこか安全なところへ隠れないと」オレはみんなに声を掛け、危険が多い窪地から逃れることを提案して歩き出した。

デニスも「グルンワルドの奴、俺たちを見捨てやがった」と毒づき怒りながらも歩き出す。

ハリーも黙って着いてくる。

「早くここを抜けよう。文句は後だ」

オレ達三人は、かなり歩いて何とか丘を越えた。もう怪物は追いかけてこなかった。

「あれ、なんだ?」

寡黙《かもく》なハリーが珍しく声を上げた。指を挿す先には、光り輝く切り立った広大な壁が聳えたっていた。

「地図によればこれが「ヘレンの髪飾り」といっていた渓谷だな。宇宙から見ても光っていたのでしゃれた名前を付けたらしい。しかし、自然にこんなに光を放っているとは驚きだ。どういう構造なのだろうか?」

オレ達は壁までやって来て、周りの安全を確認すると一息ついて体を休めることにした。それから光る壁の調査を始めた。この周辺の岩肌はすべてクリスタルの結晶が重なって出来上がっており、結晶自身が発光する特殊な鉱物のようだ。そびえたつ崖はとても登れそうにもなかったが、クリスタルの壁面に所々彫刻のような人口的な装飾も見受けられ、ここは造られた要塞のようなイメージだった。さらに壁伝いに五分ほど歩くとぽっかり大きな穴が開いていた。

そこはクリスタルで出来た洞窟だった。

オレ達は安全を確保しながら穴に入ってみることにした。

クリスタルの洞窟

クリスタルで出来た洞穴内部は、結晶が組み合わさって出来ている。見た目は水晶かツララのようなものが多く、内部が発光しているので洞穴全体も明るい。角度によって光り方も変わるので何だか万華鏡のような感じだ。中は人が歩けるだけの高さがあり奥は建物構造になっている。明らかに文明の痕跡である。外の怪物の事を考えると、もう誰もいないのだろうかと想像を巡らせながらピンクに光る半透明の遊歩道に従い奥へ進むと、突如、気味悪い面構えの者たちが現れた。

身の丈は二メートル位。全身白い毛に被われている。二足歩行の人間タイプだがまるで原始人か雪男みたいだ。四方から何人もわらわらと出て来てオレたちを取り囲み、両手を蛇のように動く変なベルトで拘束してあっという間に捕まえた。

「ちくしょう。放しやがれ!!」

デニスは少し暴れて抵抗したが、恐い顔の雪男に横っ腹を強くこずかれて、すぐに大人しくなった。ハリーは寡黙のまま。

「喰われるんだろうか？」

オレもなすがままに従うしかなかった。

細い通路を抜け少し離れた大きな部屋へとみんな連れて行かれた。途中は小部屋が多かったが、着いた先はクリスタルで出来た宮殿の大広間のようだった。天井が高く中の光は目映いばかり、一段高い処に透明で巨大な丸型ドーム状のものが見えている。まるででっかいスノードームみたいだ。その中には五メートルを超えるであろう観たこともない巨大生物が入っていた。蜂の様な顔と人間の女性のフォルムを持ち、マスカットの粒みたいにつぶらな緑の目、手の先は槍のように尖っていた。上半身は黄色と赤と黒が入り混じったマーブル模様で、下半分は赤い結晶構造の鉱物質がバラの花が開いたような形の塊になっている。まるで「石の花」を思わせる。足は台座に直に繋がっていて地面から生えているようにも見えた。

捕虜は並べられて膝をついて座らされた。雪男も何だか緊張して小さくなって蜂にかしづいているように思える。

蜂女は静かに話しかけた。

「我が名は〝ヴルトゥーム〟。この星を支配する神なり。森羅万象のすべてを司る。生ある者はみな従うべし」

それは今使用している通信周波数でもないのにみんなのヘルメット内に響いた。いや、テレパシーを送って直接の頭に直接響いているのだ。

雪男たちもじっとしている。どうやらここは蜂の女王こと「邪神ヴルトゥーム」が支配する国家で、雪男たちはたぶん蜂女の下僕なのだろう。

オレはじっと聞いていたが、不屈の戦士デニスは突然立ち上がった。

「オイ、ハチ女。お前なんかに従ってたまるか!!　オレ達は人間だ、生きる権利がある。今すぐ解放しろ！　元の場所に戻せ！」

雪男がたじろいだ瞬間逃げようとして暴れ出すとハリーも追従して立って暴れ出す。

「逆らう者には〝永遠〟を与える」

言うや否や蜂女の「石の花」から先端が鋭い針のような触手が伸びて、デニスとハリーの身体を貫いた。悶絶しながらクリスタルの床に倒れる二人。針から体液が抜き取られてゆきそのまますぐに干からびて死んでしまった。触手が抜かれると二人はやがてクリスタルの結晶になった。雪男たちはその遺体をさらにクリスタルなケースに入れて飾った。

「オレもここで殺されるのか！」

次は自分の番だと観念したが、何故だかオレは拘束を解かれ、取り巻いていた恐ろしい雪男たちは自分たちの穴に去って行った。目の前には巨大な蜂の女王ヴルトゥームがいる。もう絶望以外ない。何が起こるか想像もできずただ立ち尽くしていると、彼女はオレに静かに話しかけてきた。

「お前を待っていたのだ。パトリック狩沼と呼ばれる命よ。答えを求めて〝知識の部屋〟へと進め」

蜂の女王のドームの後ろの壁が自然に二つに割れて新たな通路が出来た。オレは指示に従わざるを得なかった。誘われるように目映いばかりに輝く通路に入って行った。

図書館

ピンクに光る道に沿って歩くとある部屋の入れ口に到達し、そこの扉が何もしないのに開いた。「ここが〝知識の部屋〟なのだろうか？」独り言をいう。

中は部屋中が天井まで全て信じられない位膨大な数のクリスタルの結晶で満たされていた。キラキラと光り、まるで高層ビル群の摩天楼を見るようで少し懐かしい。

そこに浮遊した何かが動き回っている。良く見るとロボットアームが付いた風船のようなカプセルだった。黒い手でクリスタルの棒を入れたり出したり入れ替えたり忙しそうに動いている。私を確認するとそれは作業を止めて、ゆっくりとこちらへ降りてきた。

「よく来たな」

「え？　人間？　なんですか？」

近づいてきたカプセルが直接話しかけてきた。カプセルの上部に中年の男性の顔がホログラフのように浮かびあがる。

「私はジョナサン・マグラスキー教授だ。君と同じ人間だよ。と言っても肉体はない。霊体《アストラル体》だけだがね。君が来ることは判っていた」

ジョナサンと名乗る浮遊パッケージは続けた。

「わしはもともと地球人で、ミスカトニック大学の図書館に勤めていたのだ。宇宙の真理を求めて研究していた。ある日、女王ヴルトゥームの力により突然肉体から霊体が引きはがされ、地球からワープしてここへ飛ばされた。それからはずっとここに居るんだ」

「ここは？」

「ここは『セラエノ図書館』。森羅万象の記憶がすべて集められているライブラリーなのだ」

「図書館？　さっぱりわからない。何の事なんです？」

「見よこの膨大なクリスタルの結晶たちを。美しいだろ。これに宇宙の全てが記されている。歴史の全てが時間の流れにしたがって順序良く配列されているのだ。まさに地球人が〝アカシャ年代記〟または、〝アカシックレコード〟と呼んでいるものなのだ」

オレは驚いて問いかけた。

「昔、祖父が南インドで〝すべての予言が書かれた『アガスティアの葉』〟を探しに行ったが似たようなものですか？」

『アガスティアの葉』はここの一部をコピーしたものだ。ここそがすべてが解るライブラリーであり、森羅万象の事柄がすべて記録されているのだ」と教授は答える。

「だから、君がここに来る事も全て事前に知っていたのだよ。パトリック狩沼くん」

「オレの名前を……」

　風船に入った教授は、名前だけではなく。彼のお爺さんがオカルト探偵の狩沼京太郎であり、実業家の父京一とフランスの没落貴族パトリック家の娘フランソワとの間に出来た一人息子だという事も言い当てた。

「何故、オレだけが生き残ったのか？」と問うと、

「では〝答え合わせ〟をしてあげよう」

　ジョナサンと名乗る浮遊物は穏やかに話しはじめた。

「君たちがα星と呼んでいるこの星は、蜂の女王ヴルトゥームが人工的に造った惑星だ。星がヴルトゥームの一部だと言っても過言ではない。この星が何故太陽系に現れたのか？　地球人には疑問だろう。ここはデータを集積する場所。いわば地球のための外部記憶装置なのだ。古いたとえで言うと、パソコンの外付けハードディスクみたいなものだ。キミのパソコンも古くて壊れそうになったら情報を吸い出すだろ。

　この星は地球の記憶を転写するため近づいた。君たちの知っている記憶装置は過去のデータを集積する為のものだが、これは未来をも含めたすべてのデータを集める事が目的なのだ。私

はこれを管理するため、ヴルトゥームに選ばれてここに来たんだ。途中で恐ろしい怪鳥・ビヤーキーや巨大クモのアトラック＝ナチャ、磁力吸盤や巨大ナメクジのドール、食人植物のムガ・ナタ、雪男モーロックたちに出会っただろう。あれはこの星を守る為の存在なのだ。嫌気性生物たちなので酸素がなくともここで生きていけるんだ」

「でも何故オレだけが？」

「そこだよパトリック君。君が生き残ったのは偶然じゃない、ヴルトゥームの意思によって選ばれたのだよ。私のように」

「あなたと同じようなことは望まない」

「君の役割りは私とは違う。ここをそのままにしておく事への協力のため選ばれたのだ。必要な事が終われば、つまりすべての転写が終わればこの星は太陽系を離れる。君を地球に無事帰還させるから、全てのバックアップが終わるまで地球人に作業の邪魔をさせないで欲しいのだ」

「ウィルキンスはこの事を知っていたのだろうか？」

「彼はここの情報の一部を入手したのだ。自分にとって利益になる知識だけで全ては知らない」

「何故オレが選ばれたのだ？」

「そこは宇宙の意思だから詳しくは言えないが、狩沼の子孫だからだ。とだけ言っておこう」

「あなたは地球に帰らないんですか？　よければ一緒に帰りましょう」

「私の目的は真理の追究だ。ここで静かに調べ物をする方がいい。どうせ地球に帰っても私の肉体はすでに亡くなっているからな」

「地球の寿命はもう終わりなのですか？」

「人間が生きて行ける環境を保てるかという意味においては終幕が近づいているのは確かだ。だからバックアップをしている」

「その情報をどうするのですか？」

「それは神であるヴルトゥームが決めることだ。しかし、何時かどこかの星へ転写する可能性はあるとわしは信じているよ。しなければ〝星のアルバム〟だ」

「オレはどうしたらいいんだ？」

「君の目的は決まっている。報告さ。あくまでもここをこのままそっとして置くことに協力するのが条件だが……」

　ジョナサン・マグラスキー教授は会話の途中でいったん席を外し、膨大なクリスタルの結晶で構成された摩天楼の上の方へ飛んで行った。暫くすると再び降りて来て、一本の光るクリスタルのツララを手渡した。光を放つ結晶には、オレが探している「永遠の命」の情報が刻まれているという。石の記憶として保存されているらしい。

「さあ、これを持って帰りたまえ」

「さよなら。そしてありがとう」

ジョナサンに貰った光をはらんだクリスタル結晶体を抱いたまま、オレはひとり洞窟を出た。

オデッセイNB

洞窟の外は視界が開けてホッとした。空に電磁波の波が緑と赤紫のオーロラのように筋になって見えた。やっと太陽光が入りはじめ、丁度向こうの山から昇る朝日を見るようだ。泣きたくなるほど綺麗だった。

突然、宇宙服に装着された通信回線が回復し、GPSの電波をキャッチした通信班から連絡がヘルメット中に響いた。

「パトリック、パトリック聞こえますか？」

「はい、聞こえます」

「ああ、良かった。ずっと通信していたんですよ」

ミーシャの懐かしい声が聞こえる。

「ありがとう」

「大丈夫ですか？」

「オレは大丈夫だよ」

「そうでしたか。今、貴方の位置情報をGPSで再確認しました。まだ〝髪飾り〟の渓谷内ですね。すぐに救出に行きます。危険が無ければそこを動かないでくださいね」

「危険はないと思います。少し先の平地のところで待っているよ」

「分りました。三〇分ほどで到着できると思います」

救護隊を待つために、オレは少し歩いて広場に出た。振り返ると、さっきまで岩肌にぽっかり大口を開けていたはずのクリスタルの洞窟はもはやどこか分からなくなっていた。

「夢、なのか？」

自分の目を疑って思わず手を見たが、確かにクリスタルのツララを握っている。

「伝えたかったの、かな」

その場でへたり込んだオレは背負っていたパックを降ろし、中にある透明のポッドを取り出すと、そっとツララを差し入れて蓋をした。ツララは中空のポッドに浮いたままゆっくりと周っている。赤紫や緑に色が替わる輝きが美しい。

ポッドをバックパックにしまっているとほどなくして、小型のバギーで仲間が迎えに来た。ミーシャの運転でハミドも同乗していた。

「お待たせしました」

「ハミド！　良かった！　生きていたのか」

「腕を折ってしまったが大丈夫です」

オレは疲れきって重い身体を無理に動かして何とかバギーに乗り込み、ミーシャの横のシートにどっかりと座った。

「よし。戻ろう」

オレが座ったのを確認するとミーシャは再び起動スイッチを入れ運転を始めた。バギーはゆっくり走り出した。

「心配していたんですよ、パトリック。でも良かった」

ミーシャがやさしく声をかけてくれる。

その声を聞いているとやっと緊張が解けて、身体がシートに沈み込むように力が抜けた。

「ふー、死ぬかと思った」

「よくぞ御無事でした」

「一緒に行った仲間は、全員死んでしまった」

「そうでしたか。やっぱり」

「逃げた隊長たちはどうなった？」

と聞くと、

「グルンワルド隊長も、巨大なクモにやられてお亡くなりになりました」

という。

「これがスベースバギーβから回収された車載カメラ映像です」

そう言って見せられたスペースバギーの車内からの映像には、クモに襲われてひっくり返され、踏み潰され、そして炎上するところが映っていた。

「タッカーの遺体はバラバラになっていて胴体は見つかりませんでした。グルンワルド隊長は岩陰でまるで大蛇に締めあげられて押しつぶされたようにぺしゃんこに。ロキとシャン・シーの二人は、バギーから這い出ようとしたまま黒コゲで、シャン・シーがアンドロイドでなかったら、どちらがどちらの遺体かもわからなかったでしょう」

「君たちは大丈夫だったの？」

「ええ、あの忌まわしい鳥もクモも何故か我々の船には襲いかかっては来なかった。しかも、不思議なことに、あの後、あれだけ暴れた巨大な怪物たちは忽然と消えてしまったのです。改良型の最新ソナーにも影すら映らないんですよ。信じられますか？」

「ああ、まあ」

「何故信じられると？」

「全て筋書き通り、だったのかもしれないな」

「筋書？」

「いや、独り言だよ」

帰路の途中、ひっくり返って大破したスペースバギーの残骸の横を通り抜けた。

「Aチーム も……、全滅か」

「そうだ、結局、調査に出て生き残ったのはあんたと私だけだ。後は船内に残ったメンバーのみさ。それもこれもアラーの思し召しだ」

ハミドは固定した腕をさすりながら得意のフレーズで答える。

「そうかもしれんな」

オレは元気ない声で返した。


「オデッセイNB」に戻ると、副隊長のピーター・オッズが喜んで出迎えてくれた。

「大変な状況の中、良く生きて戻ってくれたね。パトリック少佐」

「少佐？」

「この一件で生き残ったので、君は少佐に任命されたんだ」

「オレが？　ですか」

「そうですよ。よろしく頼みますよ」

パイロットのバンシーもオレの肩を叩いて無事の帰還を喜んでくれる。

「は、はぁ」

あまり嬉しくはなかった。たまたま雇われてここに来ただけで、宇宙に行くのもそんなに好きではない。ましてや階級がほしいとはちっとも思わない。むしろ集団行動が苦手な方なので、向こうに戻ったら丁寧にお断りしようと思った。

結局、残ったメンバーの判断で、α星の調査は打ち切られ、懐かしのステーション「ISS《リンクス》24」へと戻ることになった。

オレの身に着けていたスーツの中にあった記録データ類は脱いだ時に一緒に副隊長に渡した。ポッドも取り出して副隊長に手渡そうとしたが「それは君が持っていてくれ」と突き返された。

外部調査チームの故人のレポートは、何故かすでに出来あがっていた。亡くなったメンバーたちの死因は「宇宙生物の襲撃」によるものではなく、全て「突発的な事故による殉死」という形で記録が書かれていた。何故、あれだけの事があったのに嘘の報告書を制作しているのか、オレには理解出来なかったが、もう追及するのは止めた。

亡くなったメンバーの弔いは簡単な宇宙葬で執り行われ、家族に手渡す遺品として私物が箱に詰められた。遺体のないものは本人の骨の代わりに階級章が収められたケースが準備されていた。

レポートを作成するために後で再確認すると、自分のスーツに着いていたカメラは途中から何故か録画が止まっていたようで何も映っていない。同時にデータ転送もしていたはずだが「NB－2」内の公式記録も船外の地質や大気調査で記録が止っている。オレが見た「クリスタルの洞窟内部」どころか、「怪物鳥の襲撃」やバギーで観た「巨大グモ」の動画すら記録がないのだ。あの時点では、機材に問題はなかったはずだ。何度もチェックしたはずなのに……。

コンピューター解析をすると、原因は「電磁波による」とデータに付箋《ふせん》がつけられていた。

仕方ないので「どうしたらいいでしょうか？」と副隊長に相談した。オッズは「それは困ったね」とは言ったが、あまり悲壮感はなかった。「実質調査の部分だけでいい」という指示に従い、オレは「土壌や空気の成分、放射能、電磁波についての問題点」を中心にしてレポートを仕上げ。すでに幾つか上がっているサンプルと共に報告書として提出した。もちろん「α星の真の目的」「クリスタルの洞窟」での体験は胸にしまって一切書いていない。どうせ書いても誰も信じないだろう。

まあ、あの「原始的な宇宙生物」の事やクリスタルで出来た「セラエノ図書館」の件を割り引いたとしても、α星に地球人が住むにはやはりリスクが大きすぎる。人間には不適だというのが正当な答だろう。報告書の結論としては間違ってはいない。

自分の部屋に戻り、ポッドを取り出してツララを見たが、船内の環境によるものなのか光はなく、ただの白い石に変わってしまっていた。ツララが死んだように思えた。もしかしたら、このツララの持つ情報も風化したかもしれない。

もちろん戻ったら約束だからこれをウィルキンスには渡すが、もしこれから情報が取れなくてもオレは知らない。しかし、万一これが解析出来て「永遠の命」とやらが得られたとしても、汚染された地球で生きられる時間はもう後わずかなのだ。〝永遠〟なんて何の意味があるのか？

都合よくテラフォームできる星があればよいが、無ければいずれは宇宙船団で出発せざるを得ないだろう。目的地を求めながらの旅は過酷すぎる。地球人は箱舟に乗った〝永遠の宇宙の放浪者〟になる事だろう。「長生きする事に意味があるのだろうか」

α星の重力を振り切って「オデッセイNB－2」は無事に離陸し、何のトラブルもなく帰りの航路に乗ることが出来た。

「オデッセイ」のリクライニングシートの重力ベルトで縛り付けられながら、オレはぼんやり考えていた。

「残してきた、ジョナサンの霊体はどうしているだろうか？」

モニターに映るＩＳＳ《リンクス》24から送られてくるリアルタイムのあちこち茶色に禿げた地球を眺めながら――

クトゥルー　異世界へ！

2022年 3月 1日　初 版 発 行

著　者　松本英太郎他
発行者　青 木 治 道
発　売　株式会社 青 心 社
〒550-0005 大阪市西区西本町 1-13-38
新興産ビル720
電話　06-6543-2718
FAX　06-6543-2719
振替 00930-7-21375
http://www.seishinsha-online.co.jp/

落丁、乱丁本はご面倒ですが小社までご送付ください。送料負担にてお取替えいたします。

印刷・製本　モリモト印刷株式会社
ISBN978-4-87892-436-1 C0193